DELACROIX ESCAPA DAS CHAMAS

Edson Aran

DELACROIX ESCAPA DAS CHAMAS

Um romance em 4 tempos

EDITORA RECORD
RIO DE JANEIRO • SÃO PAULO
2009

CIP-BRASIL. CATALOGAÇÃO-NA-FONTE
SINDICATO NACIONAL DOS EDITORES DE LIVROS, RJ

A679n

    Aran, Edson
        Delacroix escapa das chamas – Um romance em 4 tempos / Edson Aran. – Rio de Janeiro : Record, 2009.

        ISBN 978-85-01-08496-5

        1. Romance brasileiro. I. Título.

08-5402.   CDD: 869.93
                                            CDU: 821.134.3(81)-3

Copyright © Edson Aran, 2009

Todos os direitos reservados.
Proibida a reprodução, no todo ou
em parte, através de quaisquer meios.

Composição de miolo: Abreu's System

Texto revisado segundo o Novo Acordo
Ortográfico da Língua Portuguesa.

Direitos exclusivos desta edição reservados pela
EDITORA RECORD LTDA.
Rua Argentina 171 - Rio de Janeiro, RJ - 20921-380 - Tel: 2585-2000

Impresso no Brasil

ISBN 978-85-01-08496-5

PEDIDOS PELO REEMBOLSO POSTAL
Caixa Postal 23.052 - Rio de Janeiro, RJ - 20922-970

Para as mulheres de sardas

GÊNESE, NATUREZA-VIVA
E COSMOGONIA I ------- (9)

DELACROIX ESCAPA DAS CHAMAS --- (43)

SOBRE LINHAS TORTAS -------- (105)

OS CANIBAIS DADÁ ------------ (141)

GÊNESE, NATUREZA-VIVA E COSMOGONIA I

E metam logo o fogo nas prateleiras das bibliotecas!
Desviem o curso dos canais para inundar a sepultura dos museus!
Escavem os fundamentos das cidades veneráveis.
(*Manifesto do futurismo, 1909*)

1 — A CARTA

Papel? Ninguém mais usa papel. Foi isso o que pensou o crítico de arte Wagner Krupa quando viu o envelope verde-amarronzado perto da porta. O papel tinha um cheiro doce de coisa podre. Não completamente desagradável, é verdade. Mas podre.

Wagner Krupa se acomodou na poltrona amarela de couro sintético e pegou a taça de Cabernet Sauvignon lituano enriquecido com sais minerais na mesinha ao lado. Frutado, forte sabor de cloro e metais ferruginosos. 2057. Boa safra.

E só então Wagner Krupa abriu o envelope, tirou uma folha do mesmo verde-amarronzado e leu o que estava escrito. Era esquisito.

2 — O MANIFESTO DO GENETICISMO

Dissimular o estado de decadência a que chegamos seria o cúmulo da insensatez.

O homem moderno é um insensível.

Quotidiano morto, arte morta, vida morta.

Cadavérica e pútrida.

É preciso dizer não à morte. Eros vencendo Thanatos.

O geneticismo proclama a vida. A nova era da vida.

Bioarte: morte aos consumidores burgueses.

Morte às cidades-cubo. Morte à aberração da morte.

O geneticismo cria a vida para condenar a velha ordem à morte.

Bioarte: a vida que matará a arte morta.

Morte à arte morta.

Viva a arte viva.

Viva a bioarte.

3 — ORIGAMI 2.0

O manifesto terminava com um convite. Uma exposição de bio-obras na Galeria Avangard. Alameda Jackson Pollock, trigésimo sexto nível, 21 horas. Hoje.

Wagner Krupa bebeu mais um gole do Cabernet, cheirou de novo o papel e pensou: eu é que não vou sair de casa agora pra ver essa merda vanguardeira.

Aí aconteceu uma coisa que mudou tudo. Foi assim. Krupa amassou o manifesto e o envelope, fez uma bolinha de papel e jogou na direção do reciclador de lixo. Mas, antes que o manifesto geneticista virasse pó (ou melhor, polpa), a bolinha se desembrulhou em pleno voo, ganhou a forma de um avião de papel e pousou graciosamente no chão. Então se dobrou feito um origami, assumiu a forma de uma estrela, depois um cavalo, um barquinho e uma flor. Finalmente voltou a ser um envelope e deslizou por debaixo da porta, sumindo da vista do crítico de arte.

"Hmmmm...", murmurou Krupa, bebendo o vinho lituano.

Aquilo parecia um prodígio da engenharia genética.

Até que a tal exposição merecia uma visita.

4 — SHOPPING CITY 22

Wagner Krupa se desgrudou da cadeira e foi até a janela ainda pensando no bioenvelope origami.

Milhares de anúncios luminosos e imagens holográficas anunciavam liquidações, cassinos, teatros, holofilmes, prostitutas cibernéticas, cigarro desnicotinizado, cerveja com vitamina C, 50% off, queima total, sales, pague um e leve dois.

Shopping City 22.

Um gigantesco cubo de concreto e aço hermeticamente fechado. Cinquenta mil consumidores viviam ali. Cinquenta mil consumidores protegidos da barbárie em que São Paulo estava mergulhada fazia mais de 50 anos. Lá fora, tribos de mutantes sem-teto disputavam o território com narcotraficantes, monarquistas e os fanáticos marxistas-teocráticos.

Mas, em Shopping City 22 e nas outras 92 cidades-cubo espalhadas pela segunda maior cidade do mundo, a vida continuava. Seis mil lojas. Cinco mil bares. Quinhentos clubes noturnos. Quatrocentas galerias de arte. Trezentos e doze prostíbulos. Mil e duzentos canais de holoTV. Entre eles, o ArTV Channel, onde Krupa apresentava o show *Arte & Antiarte*, transmitido para todas as shopping cities.

No meio dos apelos consumistas, Krupa notou o seu reflexo. Uma lástima. Um cara de 35 anos. Meio fora do peso. Cabelo preto na altura do ombro, começando a ficar acinzentado nas pontas. Olheiras profundas. Um piercing no nariz e outro na orelha. Nas ocasiões formais, Krupa pendurava uma corrente de ouro entre eles.

5 — AS CIDADES-CUBO

Wagner Krupa tomou um banho rápido. O preço da água estava pela hora da morte. Depois se meteu num terno de seda artificial, todo zebrado de preto e branco (última moda em Moscou). Fez um nó Windsor na gravata vermelha e pendurou uma corrente prateada nos piercings.

Então ele entrou no seu elegante triciclo Googlet movido a resíduos orgânicos e ganhou as ruas da cidade-cubo. Krupa morava no nono nível. Ele pegou a Avenida Olivia del Río (tapetes taiwaneses de plástico, móveis de madeira sintética, artigos para decoração), cruzou a Alameda Rocco Sifredi (neurocomputadores, próteses mecânicas) e entrou na movimentada Avenida Genghis Khan (holocinemas pornôs, putas cibernéticas, restaurantes de comida reciclada, bares).

Até o trigésimo nível, as alamedas eram reservadas para moradia e as avenidas eram zonas comerciais. Acima do piso 30, a coisa se invertia. As amplas avenidas com seus canteiros de flores verdadeiras eram reservadas para moradia e as alamedas viravam áreas comerciais.

O sonho de Wagner Krupa era subir.

Um dia, quem sabe, ter uma cobertura triplex no nível 50.

As shopping cities foram inventadas pelo arquiteto Flávio Opensukker nas primeiras décadas do século 21. A ideia era criar imensos condomínios misturados a shopping centers, totalmente seguros, onde as pessoas pudessem consumir, trabalhar e morar. Microcidades autossuficientes.

A ideia foi ferozmente combatida na época. Diziam que era elitista, segregacionista, direitista, oportunista, consumista e um monte de outros istas. Os adversários de Opensukker apelidaram os condomínios de cidades-cubo. Mas o nome acabou caindo no gosto popular. Morar numa cidade-cubo era chique, fashion, moderno. Um luxo.

6 — OS MONARQUISTAS E O COMANDO VERDE-ROSA

As críticas às cidades-cubo diminuíram muito depois da crise de 2033. A máfia queniana entrou em choque com o

Cartel de Comandatuba pela distribuição da droga MTA (metanfetamina transmorfa ativa) em São Paulo. Mil oitocentas e dezessete pessoas morreram no primeiro dia de combate. E mais três mil no dia seguinte.

A polícia tentou intervir atacando um reduto queniano na zona norte. Os quenianos reagiram. Castraram 32 policiais e degolaram 57 delegados. A polícia, acuada, entrou em greve por melhores salários. Foi o caos.

A cidade não podia contar com o governo federal. Na época, o presidente Frota enfrentava os separatistas monarquistas liderados por Dom Pedrinho de Orleans e Bragança, o autonomeado Dom Pedro III, Imperador do Brasil.

A situação piorou mais ainda quando a corrente católica marxista teocrática rompeu definitivamente com o Vaticano e adotou a luta armada como meio legítimo para "implantar o paraíso socialista no reino do satanás capitalista". O país explodiu em guerra civil. Narcotraficantes matavam monarquistas que matavam teomarxistas que matavam qualquer um.

As shopping cities se tornaram a única salvação para o consumidor médio e de bem com a vida.

7 — EPICURISTAS DO TERCEIRO DIA ÚTIL

Wagner Krupa não tinha mais nenhuma paciência para vanguardices artísticas. Talvez fosse a idade, pensava ele, enquanto acelerava o triciclo. Não aguentava mais os embustes e os repetecos. Sair de casa era um saco. Tudo lotado. Tudo chato.

Além disso, ele estava jurado de morte pelos Parnasianos Neoconcretos ("um excremento passadista indigno de uma ameba retardada", dissera ele em *Arte & Antiarte*). Não que isso o preocupasse. Os Parnasianos Neoconcretos eram uns bundões. Se fossem os Canibais Dadá, aí, sim, ele estaria fodido. Um parnasiano não tinha culhão nem para comprar uma pistola clandestina, já que as armas de fogo eram totalmente proibidas nas shopping cities.

Mas sempre havia o risco de encontrar um poeta invocado disposto a resolver a coisa no braço.

Wagner Krupa passou pela Rua Shakira (frutas orgânicas-legumes sintéticos-leite artificial-carne recomposta), cruzou a Paris Hilton (neurocirurgiões-pílulas de emagrecimento-próteses de silicone-implantes biônicos) e chegou à Alameda Ray Conniff (roupas camaleônicas-tatuagens-piercings-próteses faciais).

No começo da Avenida John Lennon, o trânsito estava parado. Uma orgia pública dos Epicuristas do Terceiro Dia Útil.

"Maníacos de merda!", murmurou Krupa, balançando a cabeça.

E enterrou a mão na buzina, como todos os outros motoristas estavam fazendo. O ruído estridente se misturou aos uivos e gemidos dos epicuristas.

Os epicuristas seguem os ensinamentos do filósofo grego Epicuro (323-271 a.C.), que colocava o prazer individual acima de todas as coisas. Tudo muito bom, se não fossem as célebres orgias públicas, sempre no terceiro dia útil do mês, que tumultuavam o trânsito e deixavam Shopping City 22 na maior bagunça. Nem assistir à orgia epicurista valia a pena. Imagine um bando de homens e mulheres adiposos (comida gordurosa é prazer), imundos (banho é uma imposição da sociedade), cheios de perebas e doenças venéreas (preservativos diminuem o prazer). Todos copulando no chão e uivando feito uma cantora islandesa.

Wagner Krupa ficou parado 32 minutos no engarrafamento. Comprou uma caixa de goma de mascar sabor salmão de um vendedor ambulante. E também uma Nossa Senhora das Dores de um católico invocado que protestava contra os epicuristas.

A Nossa Senhora veio com ventosas para grudar no vidro do carro.

8 — GALERIA AVANGARD

Na Alameda Jackson Pollock estavam todas as galerias de arte, ateliês, museus, escritórios de designers e marchands. Krupa deixou o triciclo num estacionamento e caminhou até a pequena Galeria Avangard, observando a fauna habitual da região. Mulheres de cabelos azuis com poodles sintéticos. Jovens noirks vestidos de preto com cara de tédio profundo. Artistas cabeludos de roupas plásticas transparentes.

A galeria não estava muito cheia. Natural, pensou Krupa. Não havia muito o que se ver ali. Por que merda eu fui sair de casa?

A exposição de bioarte se resumia a apenas três trabalhos: *Gênese*, *Natureza-Viva* e *Cosmogonia 1*.

9 — "GÊNESE"

Gênese era um cubo esverdeado-pálido com pequenas listras vermelhas e amarelas. Wagner Krupa chegou perto e notou que a superfície da coisa não era lisa, como parecia de longe, mas tinha pequenos relevos, arestas, pelos. A superfície se movia lentamente, como se a escultura respirasse a intervalos regulares.

10 — "NATUREZA-VIVA"

A segunda obra, "*Natureza-Viva*", era um aquário de acrílico cheio de um líquido cor de urina. Seis bichinhos coloridos nadavam na coisa amarela. Dois deles tinham a forma de um charuto, barbatanas diminutas e lembravam vagamente um peixe mal esculpido. Dois eram esferas avermelhadas cheias de pontas. A última dupla era azulada e parecia um cruzamento bizarro entre uma estrela-do-mar e um cavalo-marinho.

11 — "COSMOGONIA 1"

Cosmogonia 1 parecia deslocada na exposição. Era apenas uma escultura estática em forma de "oito". Só que transparente e cheia de uma meleca roxa. Tinha cheiro de azedo.

12 — HIROSHIMA ITO

Perda de tempo. Completa perda de tempo. Foi o que pensou Krupa, acendendo um cigarro desnicotinizado sabor laranja. Aquela bosta não daria nem um minuto no *Arte & Antiarte*. Ele sabia. Sair de casa para ver vanguardices era sempre uma péssima ideia.

O crítico estava deixando a galeria, quando ouviu uma vozinha estridente atrás dele.

"Wagner Krupa! Senhor Krupa! É uma honra, senhor Krupa!"

Ele se virou e deu de cara com um oriental baixinho de cabelos verdes e óculos azuis. O homem vestia uma túnica cor de terra. Sorria.

"É um prazer receber o senhor na minha exposição, senhor Krupa."

"Você é o artista, imagino", respondeu Krupa, soprando a fumaça alaranjada.

"Hiroíto Shima. Criador do Geneticismo", disse o outro, estendendo a mão.

Mão suave.

"Parabéns, senhor Ito. Suas obras são muito... muito... muito pessoais. É. Pessoais."

"Pessoais", repetiu o artista. "Elas são bem mais do que pessoais, senhor Krupa. O Geneticismo é a maior revolução das artes plásticas desde... o Cubismo, talvez. Não, não. Para ser sincero, senhor Krupa, o Geneticismo é a única coisa relevante a acontecer nas artes plásticas desde a Renascença. Nada será como antes, senhor Krupa, nada."

Pretensioso feito um parnasiano neoconcreto, pensou o crítico. Mais um.

"Eu confesso que o envelope origami me deixou intrigado", disse Krupa. "Mas isso não é exatamente uma novidade. No começo deste século, um artista de Chicago criou um coelho verde fluorescente usando manipulação genética."

"Bobagem! Pseudoarte! Pirotecnia!", falou Hiroíto. "Uma simples combinação de genes. Minhas bioesculturas estão vivas, senhor Krupa. Vivas! Esses são seres artisticamente desenhados. O Geneticismo é um marco científico, artístico e histórico!"

Krupa detestava artistas metidos a besta. Puto da vida, resolveu encarar o bostinha.

"Era isso o que dizia Stephano Vendetti quando escreveu o *Manifesto do Roboticismo*, em 2040", desdenhou o crítico.

"Não me compare aos roboticistas, senhor Krupa, não me compare aos roboticistas..."

"Esculturas mecânicas simulando movimento. É a mesma coisa. Tudo fruto tardio do Futurismo italiano."

20

"Não, não, senhor Krupa, me perdoe. O senhor está errado. O roboticismo é apenas um monte de esculturas cinéticas. Tudo bobagem. Perda de tempo. Muito palavrório e pouca ação. O Geneticismo, por outro lado..."

"É praticamente a mesma coisa, só que com a biologia no lugar da robótica..."

"Não, senhor Krupa, não! Essas esculturas estão vivas! Elas são criaturas vivas! Elas se alimentam, elas evoluem e elas têm consciência! Consciência, senhor Krupa! Nada pode ser comparado ao Geneticismo, nada! A não ser, quem sabe, a própria criação da vida!"

Era demais. Hiroíto Shima era muito mais pretensioso do que um parnasiano neoconcreto. Devia ser a altura. Quanto mais baixinho, maior a mania de grandeza, pensou Wagner Krupa. Ele tinha de cair fora dali o mais rápido possível.

"Olha, senhor Hiroshima Ito..."

"Hiroíto Shima! Hiroíto Shima!"

"Eu realmente fiquei impressionado com o convite e com o seu manifesto do Geneticismo. Eu esperava sair daqui extasiado, eu esperava uma revolução, eu esperava... Não sei bem o que eu esperava... mas olhe aquilo ali. É só um cubo disforme. A outra obra é só um 'oito' cheio de meleca, e os camarões..."

"Camarões?! Camarões!!"

"...boiando na urina também são uma bela de uma merda!"

"Urina?! Urina?! Aquilo é uma sopa de nutrientes, seu... seu... filisteu!"

"Ei! Filisteu, não!"

"Essas obras têm vida! Elas vão mudar de forma! Elas vão se desenvolver! Vão evoluir! Minhas peças são formas de vida artisticamente desenhadas, e se o senhor é ignorante demais para entender..."

"Ignorante, não!, seu pequeno embusteiro nipônico!"

Hiroíto Shima ficou mudo, enquanto a ira em seu peito atingia proporções monstruosas. Finalmente, ele liberou a raiva:

"Saia daqui! Saia da minha exposição! O embuste é você, Wagner Krupa, seu crítico ignorante, burro e pedante! Você não está preparado para entender o Geneticismo! Você vai ser devorado junto com a arte cadavérica deste mundo podre! Saia daqui! Você é que não tem capacidade para entender uma nova forma de arte! Você não saberia o que é uma obra de arte nem se ela te mordesse o nariz! Saia daqui! Filisteu! Cretino!"

Wagner Krupa jogou o cigarro no chão da galeria e pisou sobre a brasa. Fechou a cara e saiu marchando da Avangard, enquanto Hiroíto Shima continuava gesticulando e reclamando, reclamando e gesticulando. Nipopicareta da porra.

13 — ANÁLISE CRÍTICA

O problema é que Wagner Krupa estava errado.

Ou então era a decadência daqueles tempos nebulosos. Não se sabe. O fato é que o Geneticismo virou um fenômeno de público e crítica.

E as obras, de fato, evoluíram.

No dia seguinte à visita de Krupa, a superfície de *Gênese* estava ainda mais irregular. Os pelos haviam se transformado em minúsculas arestas vermelhas, como pequenos espinhos.

Uma semana mais tarde, as arestas tomaram a forma de finos tentáculos multicoloridos. A população de *Natureza-Viva* triplicara: agora eram 18 criaturas dos mais bizarros formatos circulando no aquário amarelo.

E *Cosmogonia 1* deixara de ser um "oito" para se transformar num "nove" mais alto. A meleca roxa agora era de um azul quase translúcido.

As bio-obras eram bonitas, exuberantes e o Geneticismo era uma sensação.

As bio-obras estamparam roupas, apareceram em documentários na holoTV, viraram marca de bebida energética e até inspiraram um grupo musical de tecno-rumba que mudou o nome de Los Diablos de Cuba para Los Geneticistas Infernales.

Hiroíto Shima recebeu encomendas milionárias para produzir novas bio-obras e se transformou no artista mais famoso do país. Todo mundo falava dele. Menos o programa *Arte & Antiarte*.

14 — LAMENTO SILENCIOSO DE WAGNER KRUPA

Asiático embusteiro do caralho nipopicareta amarelinho filho da puta merda como é que eu podia adivinhar que aquelas porras boiando em urina amarela iriam virar essa droga de sucesso fucking shit chinesinho pretensioso desgraçado porra de geneticismo de merda bosta de japoronga insuportável filho-de-uma-égua.

15 — NOTA DE FALECIMENTO

Três semanas depois da visita de Wagner Krupa, as filas de visitantes da Galeria Avangard tomavam toda a Alameda Jackson Pollock e faziam curva na Avenida Charles Darwin.

Ariani Pompeu Manganês, esposa do fabricante de preservativos masculinos, Oristides Manganês, tinha lido a respeito do Geneticismo na revista *Fashion Style Trendy* e resolveu visitar as bio-obras com seu poodle cibernético.

Ela não teve nem tempo de se arrepender.

Quando estava na frente de *Gênese* observando os grossos tentáculos coloridos que saíam do cubo disforme, o poodle cibernético soltou um latido metálico e estridente. O latido era próprio daquele novo modelo, o I-Poodle 2068. Talvez o poodle fosse um crítico ainda mais rigoroso que Wagner Krupa, talvez ele tenha percebido algo esquisito na bioescultura. Vai saber. O fato é que os tentáculos agarraram o pobre animal mecânico e o reduziram a cacos.

Desesperada, Ariani Pompeu Manganês começou a bater com a sua bolsa de couro sintético em *Gênese*. Mas então *Cos-*

24

mogonia 1, que agora parecia um "L", dobrou-se sobre si mesma e desabou em cima da mulher. Ariani Pompeu Manganês virou uma massa disforme de sangue e vísceras. As criaturas de *Natureza-Viva*, agora abrigadas num aquário de dois metros cúbicos, saltaram para o chão e se atiraram em cima do que restara da mulher. Em segundos, não restava mais nada. Nem osso.

Seis das cinco colunas sociais dos jornais de Shopping City 22 lamentaram o ocorrido.

16 — O HORROR

A polícia ordenou que a Galeria Avangard fosse imediatamente fechada. Não adiantou. As "naturezas-vivas" já infestavam toda a Alameda Jackson Pollock, grudando feito sanguessugas nas pernas dos amantes da arte. Nada conseguia arrancá-las das vítimas, que eram lentamente drenadas dos seus líquidos corporais.

Os tentáculos de *Gênese* saíam pelas janelas da galeria e estrangulavam os frequentadores do Holocinema de Arte que ficava em frente. E *Cosmogonia 1*, que assumira uma postura ereta, havia rompido o teto da galeria, atravessando a Alameda Che Guevara, que ficava no piso de cima.

Quatro andares de Shopping City 22 tiveram de ser isolados, causando enorme prejuízo aos comerciantes da região.

17 — O PÂNICO

Noticiário da Hetero TV (canal 317), dirigida à minoria heterossexual da cidade-cubo:

"...18 pessoas já foram mortas por essas aberrações. Das 18 vítimas, quatro eram comprovadamente heterossexuais. O Geneticismo é obviamente mais uma artimanha do poder bissexual para destruir o heterossexualismo! Nove pisos estão isolados, e os prejuízos são..."

Editorial da TV Raça Pura (canal 27), ligada ao Partido Hitlerista Moderado (PHM):

"...o historiador Hans Überheidegger afirma que o Geneticismo e as esculturas assassinas foram inspirados pela lenda sionista do Golen, cuja criação por mãos humanas é uma afronta à ordem econômica e moral do Ocidente cristão. Trinta e cinco pessoas já foram mortas pelas obras de arte nos 12 pisos interditados..."

Notícia do *Jornal do Consumidor*, o maior diário a circular nas cidades-cubo (30 mil exemplares impressos em papel com certificado ecológico):

"...as vítimas já totalizam mais de 70 pessoas, mas a principal preocupação das autoridades é que a bio-obra *Cosmogonia 1* continua crescendo e já alcançou o nível 48. Além disso, a obra de arte se deslocou levemente para a esquerda, o que a coloca em contato com uma das paredes externas de Shopping City 22. Caso a expansão de *Cosmogonia 1* não seja interrompida, ela pode afetar a estrutura da cidade-cubo, deixando a cidade vulnerável a ataques externos. O prefeito Frederico Ainsbahn tranquilizou a população e lembrou que aquela região é bastante alta. Portanto, diz ele, mesmo que a parede venha a ceder, os mutantes sem-teto jamais alcançariam a abertura. No entanto, correspondentes externos afirmam que os terroristas teomarxistas adquiriram recentemente vários helicópteros dos países da Unidade Islâmica. Neste caso, a fenda seria..."

Noticiário do HoloTV Action Now! (canal 213):

"...o uso de pesticidas agrícolas não provocou nenhum efeito em *Gênese*, causando apenas a morte de quatro policiais por intoxicação. Agora a polícia se prepara para usar lança-chamas, enquanto outra unidade ataca os tentáculos de *Gênese* com instrumentos cortantes. Fique conosco, holotelespectador! Este noticiário é um oferecimento da Clínica de Cirurgia Plástica Corpore Sano, que fica no oitavo nível, bem longe desta confusão toda. Agora os lança-chamas estão posicionados. É muita emoção. Espere. O que é aquilo? A polícia está sendo atacada por centenas de aviões de papel. São aviões de papel, minha gente! Aviões de papel com bordas cortantes! Meu Deus! É um massacre! Os policiais estão sendo atacados por aviões de papel, enquanto as naturezas-vivas..."

Editorial da revista *Koan News* (edição 113, página 8), órgão oficial da comunidade dos consumidores zen-budistas de Shopping City 22:

"Nós vamos todos morrer! Nós vamos todos morrer!"

18 — PIRACEMA

Wagner Krupa olhou gulosamente para a pele plástica de Piracema, metida num microvestido justo de látex vermelho. Deliciosa, pensou Krupa, antevendo os inúmeros prazeres que ele desfrutaria com a cyber puta.

"Que tal um vinho lituano?", perguntou ele, puxando uma garrafa da miniadega embutida na parede.

"Meu sistema não metaboliza álcool, meu amor!", respondeu a prostituta cibernética.

Era verdade. As mulheres sintéticas estavam acabando com o romantismo. Mesmo assim, Krupa abriu a garrafa. Teria de beber sozinho.

De repente, um facho de luz azulada surgiu no meio do quarto e a imagem holográfica de um homem gordo tomou forma, bem ao lado da cama.

"Ei, que merda é essa?", gritou o crítico de arte.

"Desculpe-me, senhor Krupa, esta é uma chamada de emergência do Comitê de Defesa dos Consumidores de Shopping City 22...", respondeu o hologordo.

Wagner Krupa olhou para Piracema. Ela continuava com a mesma expressão tonta de sempre.

"Deve ser engano. Eu não tenho nada a ver com o Comitê de Defesa, senhor... senhor..."

"Aderbal Peçanha. Proprietário da Peçanha Eletrodomésticos e presidente do Comitê de Defesa dos Consumidores. A cidade está sob grave ameaça e, nessas ocasiões, a constituição das cidades-cubo nos garante o direito de convocar qualquer consumidor como voluntário."

"Voluntário? Eu não sou voluntário."

"A constituição também nos permite cortar o crédito do consumidor caso ele se recuse a colaborar com o bem comum."

Krupa balançou a cabeça e bufou em sinal de resignação. Crédito revogado era a pior coisa que podia acontecer ao morador de uma shopping city.

"É a porcaria da bioarte, né?", disse o crítico.

"Isso mesmo, senhor Krupa. Nós precisamos encontrar um meio de destruir aquelas coisas. E, como elas são obras de arte, a presença de um crítico respeitado como o senhor é fundamental."

"Mas o tal do Hiroshima Ito é que precisa resolver esta merda. Prendam o bostinha. Prendam e depois torturem."

"O senhor Hiroíto Shima já foi recolhido a uma unidade Carandiru, senhor Krupa. Mas é inútil. Ele se recusa a dizer como acabar com as monstruosidades. Todas as holoTVs vão se juntar para transmitir um debate ao vivo sobre como resolver o problema. Nós esperamos ter uma audiência recorde e bastante patrocínio. Sua presença é fundamental, senhor Krupa. A moderação do programa será do apresentador Nagô Kilimanjaro."

"Kilimanjaro, é?", respondeu Krupa.

Nagô Kilimanjaro era o apresentador de talk shows mais famoso do país. Seu programa era transmitido para toda a Federação Legalista Brasileira.

"Quando?"

"Em meia hora na sede da Rede Xangô. Fica no nível sete. Contamos com o senhor."

O hologordo se dissolveu em estática. Wagner Krupa dispensou Piracema, escolheu um terno azul-metálico, pendurou uma correntinha de ouro nos piercings e saiu.

19 — O DEBATE

O debate promovido pelo Comitê de Defesa dos Consumidores de Shopping City 22 foi transmitido por um pool de 317 emissoras, sob patrocínio da Meat & Co. Carnes Sintéticas, do triciclo Googlet (produzido na Detroit Siberiana) e das Próteses Penianas Longdick ("agora com vibrador embutido").

No comando do programa estava Nagô Kilimanjaro, o entrevistador mais badalado de Shopping City 22, que tinha seu próprio talk show na HoloTV Ganga Zumba. Além de Wagner Krupa, foram convidados o presidente do Comitê, Aderbal Peçanha; o chefe do Partido Hitlerista Moderado, Reginaldo Falcão, e algumas outras personalidades. Hiroíto Shima falou ao vivo da unidade Carandiru 32. Ele tinha expressão abatida, barba por fazer, um olho roxo e um hematoma vermelho-sangue no meio da testa.

Alguns fragmentos do programa:

NAGÔ KILIMANJARO: Boa noite, consumidores. Meu nome é Nagô Kilimanjaro e eu estou no comando do pool de 317 emissoras que vão discutir o problema das obras de arte que apavoram Shopping City 22. Como vocês sabem, há cinco semanas, algumas bioesculturas estão atacando e matando consumidores em vários pisos desta cidade-cubo. A confusão começou na Galeria Avangard, no trigésimo sexto piso, mas 15 pisos já estão comprometidos, além da própria estrutura da cidade-cubo. Mas, antes de iniciar o debate, gostaria de fazer algumas perguntas ao criador desta desgraça biológica, o artista Hiroíto Shima. Bom dia, senhor Shima.

Hiroíto Shima: Eu quero fazer uma denúncia! Pela constituição da Federação Legalista Brasileira e pelo Código de Defesa do Consumidor, eu tenho o direito de consultar um advogado, coisa que me foi negada.

Aderbal Peçanha (interrompendo): Eu lamento, senhor Shima. Seu crédito foi suspenso quando seus produtos se transformaram numa ameaça ao consumo. Sem crédito não há como pagar um advogado.

Hiroíto Shima: E a constituição? E a constituição?! Eu exijo um advogado imediatamente! Minha prisão é uma arbitrariedade!

Kilimanjaro: Olha, Hiroíto, este programa não é o melhor lugar para discutir isso. Nossos holotelespectadores merecem coisa melhor. Por falar nisso, o que aconteceu com a sua testa? Bateu com a cara na parede?

(*Gargalhadas*)

Hiroíto Shima: São esses porcos fascistas do Carandiru, eu...

Reginaldo Falcão (interrompendo): Fascistas, não! Eu não vou admitir este tipo de ofensa, senhor Kilimanjaro. Nós, fascistas, nazistas e hitleristas moderados, não vamos mais permitir que usem nossa ideologia como xingamento. Nós temos o direito de ter nosso ponto de vista respeitado!

Kilimanjaro: Senhor Falcão, eu tenho certeza de que o senhor Shima não fez qualquer alusão política...

Reginaldo Falcão: Fez, sim! Ele não disse "porcos sionistas", "porcos stalinistas", "porcos muçulmanos" e nem "porcos teomarxistas". Ele disse "porcos fascistas". Isso é um abuso!

Kilimanjaro: Registrado, Falcão. Este debate tem patrocínio do triciclo Googlet, o único movido a resíduos orgânicos: você mesmo enche o tanque do seu carro. Agora vamos ouvir o crítico de arte Wagner Krupa. Senhor Krupa, as aberrações criadas pelo Hiroíto Shima podem ser mesmo consideradas obras de arte?

Wagner Krupa: Boa noite, Kilimanjaro. A resposta é sim. Embora as bio-obras não provoquem nenhum êxtase estético no observador, elas traduzem uma intervenção autoral no mundo. Então elas são conceitualmente arte, embora não sejam originais e nem esteticamente defensáveis...

Hiroíto Shima: Filisteu! Crítico de merda filho da puta!

(*Hiroíto Shima desaparece*)

Kilimanjaro: Parece que perdemos o link com a unidade prisional Carandiru 32. Em breve voltaremos a falar com o artista Hiroíto Shima. Mas, senhor Krupa, as criaturas são nojentas e asquerosas. Elas são arte mesmo assim?

Krupa: O sentido antiestético ou formalmente contrário aos cânones estabelecidos do bom gosto é um componente artístico desde o início do século 20, Kilimanjaro. Não vamos nos esquecer do movimento Dadá e dos ensinamentos de Marcel Duchamp.

Reginaldo Falcão: Decadência! Arte degenerada! Conspiração anarcoliberal-sionista contra os valores cristãos!

Kilimanjaro: Contenha-se, senhor Falcão. Vamos para um breve intervalo comercial; voltaremos em breve para o nosso debate.

(*Intervalo*)

Nagô Kilimanjaro: Estamos de volta ao debate sobre as bio-obras de Shopping City 22 com o patrocínio das Próteses Penianas Long Dick, as únicas que se adaptam perfeitamente ao código genético do consumidor. Agora com vibrador embutido e três novas tonalidades: caucasiano castanho, negroide cerúleo e asiático pastel. Parece que recuperamos o link com a penitenciária Carandiru 32. Vamos falar novamente com Hiroíto Shima, o criador do Geneticismo. O senhor se considera um artista ou um assassino, senhor Shima?

(Hiroíto Shima reaparece com dois olhos roxos)

Hiroíto Shima: Essa pergunta é uma afronta! Este debate é uma farsa! O Geneticismo é um marco artístico e cultural na história da humanidade! Nenhum avanço histórico se faz sem dor ou ruptura! Eu estou sendo coagido a participar dessa merda de debate por esses psicóticos filhos de uma cadela! Eu...

(Hiroíto Shima desaparece)

Kilimanjaro: Parece que perdemos de novo o link com o complexo penitenciário Carandiru. Também está aqui no nosso estúdio a consumidora Valéria Gautama, presidente do Centro Unificado de Estímulo e Amparo às Novas Formas de Vida. Boa noite, Valéria. Você tem alguma ideia de como exterminar as bioesculturas?

Valéria Gautama: Olha, Kilimanjaro, nós do Centro Unificado de Estímulo e Amparo às Novas Formas de Vida pensamos que elas merecem uma chance. Toda forma de vida precisa de oportunidade para se provar útil e produtiva.

Kilimanjaro: O senhor concorda, senhor Krupa?

Wagner Krupa: Bem, Kilimanjaro, embora o Geneticismo seja um movimento artístico destinado ao fracasso e ao esquecimento, destruir uma obra de arte tem sempre um viés fascista que...

REGINALDO FALCÃO: De novo, não! De novo, não! O Partido Hitlerista Moderado exige respeito neste debate! Respeito e coerência! A sociedade tem o direito sagrado — veja bem: sagrado — de exterminar os elementos degenerados que a conspurcam. Isso inclui a arte decadente e também os seus criadores, como aquele amarelinho safado. É imperativo que a minoria caucasiana tome medidas extremas para que...

KILIMANJARO: Contenha-se, Falcão. Eu não vou admitir preconceito racial sem embasamento científico neste debate.

REGINALDO FALCÃO: Escuta aqui, ô crioulo safado, eu...

(*Intervalo*)

KILIMANJARO: Estamos de volta ao nosso debate sobre as supostas obras de arte que estão aterrorizando Shopping City 22. Aqui é Nagô Kilimanjaro comandando um pool de 317 holoTVs em toda a Federação Legalista Brasileira com o patrocínio da Meat & Co. Carnes Sintéticas, o sabor com gosto de antigamente. Infelizmente, o senhor Reginaldo Falcão teve de abandonar nosso debate graças a uma violenta disenteria. Um instante. Parece que alguma coisa está acontecendo na Galeria Avangard neste exato momento. Vamos falar ao vivo com a repórter Bárbara Baudolina. Boa noite, Bárbara.

BÁRBARA: Boa noite, Kilimanjaro. Agora há pouco, a polícia de Shopping City 22 entrou em choque com alpinistas sem-teto que tentaram entrar na cidade pela fenda aberta por *Cosmogonia 1*. Ontem, a obra de arte conseguiu abrir um buraco na parede externa da cidade-cubo, e hoje três alpinistas tentaram entrar pela abertura. Houve tiroteio, mas, felizmente, a cidade foi salva de uma invasão, pelo menos por enquanto.

KILIMANJARO: Isso quer dizer que a cidade está vulnerável a ataques externos? É isso que você está dizendo, Bárbara?

BÁRBARA: É isso mesmo, Kilimanjaro. A polícia conseguiu repelir o primeiro ataque, mas ninguém sabe o que pode acontecer...

ADERBAL PEÇANHA: Tem uma fenda na cidade! Tem uma fenda na cidade!

KILIMANJARO: Um momento, senhor Aderbal. E não há possibilidade de fechar esse buraco, Bárbara?

BÁRBARA: Infelizmente, não, Kilimanjaro. As naturezas-vivas, os tentáculos de *Gênese* e os origamis assassinos estão atacando todos que se aproximam daqui. A situação está muito confusa.

KILIMANJARO: Obrigado, Bárbara. Voltaremos a qualquer instante com novas informações. Senhores, a situação se deteriorou ainda mais. Agora nossa cidade está aberta para o exterior. Nós precisamos fazer alguma coisa.

VALÉRIA GAUTAMA: Nós, do Centro Unificado de Estímulo e Amparo às Novas Formas de Vida, entendemos que, neste caso, as bio-obras devem ser exterminadas e a fenda deve ser fechada custe o que custar.

ADERBAL PEÇANHA: Senhores... senhores... o Comitê de Defesa dos Consumidores de Shopping City vai dar um crédito de 500 mil dólares russos a qualquer um que conseguir resolver o problema.

KILIMANJARO: Isso é uma boa notícia, senhor Peçanha. Se alguém tiver alguma ideia, por favor, é só holofonar para esta emissora...

WAGNER KRUPA: Eu tenho uma ideia! Eu tenho uma ideia, senhor Kilimanjaro!

KILIMANJARO: O senhor Krupa aqui parece que tem uma ideia...

WAGNER KRUPA: Eu preciso de um bom sistema de som que englobe toda a área dominada pelas bio-obras....

ADERBAL PEÇANHA: Isso não é problema.

KILIMANJARO: Qual é exatamente sua ideia, senhor Krupa?

WAGNER KRUPA: Desmistificação, senhor Kilimanjaro. Mas eu prefiro não falar muito a respeito. É preciso agir rápido. Esses 500 mil dólares russos podem ser negociados no câmbio paralelo?

37

20 — O CONFLITO FINAL

Três horas depois, uma multidão de consumidores curiosos se acotovelava em torno da área isolada pelo Comitê de Defesa dos Consumidores. Vários repórteres narravam os acontecimentos ao vivo. Num estúdio isolado seis pisos abaixo dali, Wagner Krupa assumiu o sistema de som da cidade-cubo.

O crítico de arte acessou seu neurocomputador de bolso e começou a ler um texto escrito por ele alguns minutos antes:

"O Geneticismo é um embuste! Um ponto negro e vazio na história da arte e da cultura humana. Seus fundamentos teóricos estão baseados na criação de uma arte viva. Mas a dicotomia vida/não-vida é um conceito alheio à criação bioartística."

Assim que o texto ribombou pelos pisos dominados pelas bio-obras, os tentáculos de *Gênese* pararam de se mexer, como se estivessem escutando atentamente. As naturezas-vivas se aquietaram e os origamis tomaram o formato de um cubo e ficaram quietos no chão de acrílico. *Cosmogonia 1* permaneceu estática, com a ponta dependurada pra fora da cidade-cubo, no buraco aberto por ela mesma.

Krupa continuou:

"O Geneticismo comete os mesmos erros medíocres do Roboticismo. Não há fazer artístico na manipulação de sucatas mecânicas. Da mesma forma, combinações matemáticas de genes são um simulacro da vida, e não a vida per se.

Decifrar um teorema biológico não é proclamar uma nova era, mas apenas reforçar os valores cadavéricos do simulacro estéril!"

Os origamis abandonaram o formato de cubo e voltaram a ser folhas imóveis de papel verde-amarronzado. As naturezas-vivas se espalharam pelo chão e permaneceram quietas. Os tentáculos de *Gênese* murcharam. *Cosmogonia 1* começou a se torcer sobre si mesma.

Krupa continuou:

"O Geneticismo é uma máquina estéril, um antidogmatismo falso que esconde o mais arrogante artificialismo. Jogo matemático contraditório, insensível, burguês, conservador e reacionário. Máquinas biológicas que simulam consciência. Nada mais. A suposta arte viva que se propõe a destruir a arte morta é apenas um agrupamento de moléculas vãs. Uma equação fria e morta. Não é arte, não é vida. A bioarte deve ser esquecida na lata de lixo das ideias obtusas, no cemitério dos embustes, na privada das falsidades!"

Wagner Krupa, crítico de arte, terminou a leitura.

Os tentáculos de *Gênese* estavam grudados no chão como espaguete cozido demais. As naturezas-vivas viraram gelatina e se dissolveram, exalando um cheiro enjoativo de comida podre. Os origamis se quebraram em pedaços secos e rugosos. *Cosmogonia 1* murchou como um pepino velho, vazando um líquido azul espesso e melequento.

O pesadelo tinha acabado.

21 — A FUNÇÃO DA CRÍTICA

A porta deslizou verticalmente e Piracema entrou no apartamento de Wagner Krupa. Usava microshorts amarelos que ressaltavam o bronzeado artificial da sua pele.

"Oi, tesão!", ela disse, jogando os braços sobre os ombros de Krupa. O crítico beijou a cyber puta na boca e respondeu:

"Você chegou cedo, Piracema. Estou vendo holoTV!"

"Posso esperar, amor. Mas devo adverti-lo de que são dois guarujás por minuto e que o meu cronógrafo já foi acionado há exatos 15,13 minutos."

Foda-se, pensou Krupa. Ele tinha 500 mil dólares russos em crédito. O suficiente para comprar alguns milhões de guarujás. Agora ele era uma celebridade. Não apenas em Shopping City 22, mas em todas as outras cidades-cubo da Federação Legalista Brasileira.

Krupa pediu que Piracema se sentasse e acionou o controle remoto da holoTV. Era a décima vez que ele via a gravação, mas gostava dela cada vez mais. Ele e Nagô Kilimanjaro no talk show de maior audiência do país. Aquilo era bom. Era bom demais.

KILIMANJARO: Senhor Krupa, nós ainda estamos assombrados com a destruição daquelas coisas grotescas. Mas tenho certeza de que o público está tão curioso quanto eu: como foi que o senhor fez isso?

KRUPA: Ah, até que foi bem simples, Kilimanjaro. Quando eu visitei a Galeria Avangard, aquele embusteiro do Hiroshima Ito me disse que as bioesculturas tinham consciência. Então eu pensei: o que motivava a consciência daquelas coisas? Só podia ser o *Manifesto do Geneticismo*!

KILIMANJARO: Brilhante!

KRUPA: Obrigado, Kilimanjaro. O manifesto pregava a morte aos consumidores e às cidades-cubo. Era exatamente o que as criaturas estavam fazendo! As bio-obras foram de alguma forma influenciadas psicologicamente pelo criador. Não entendo muito de psicogenética, mas percebi que tudo o que eu tinha a fazer era desacreditar as obras. Simples!

KILIMANJARO: O senhor é mesmo um homem brilhante, senhor Krupa. Nosso patrocinador até gostaria...

Wagner Krupa apertou o controle remoto, e a imagem holográfica sumiu. Então ele olhou para as curvas perfeitas de Piracema.

O crítico de arte começou a tirar a roupa.

"Não há embuste artístico que sobreviva a uma crítica fulminante, Piracema!", ele disse, atirando a cueca longe.

A cyber puta sorriu bestamente.

Wagner Krupa se jogou na cama, ao lado dela.

DELACROIX ESCAPA DAS CHAMAS

"Um ferro elétrico é mais belo do que uma escultura."
(*Giacomo Balla, pintor futurista, 1871-1958*)

1 — O ATAQUE DOS NANOBÔS ASSASSINOS

O crítico de arte Wagner Krupa não ligou coisa com coisa. Mas o início da sua desgraça, o ponto zero da catástrofe, a descida ladeira abaixo, a viagem aos quintos dos infernos começou quando o artista roboticista Rodney Ramos tentou assassiná-lo em plena Alameda Sidney Magal, uma das mais movimentadas de Shopping City 22.

Foi assim. Wagner Krupa tinha ido ao Cine Bidimensional Megaplex Nostalgia assistir a um clássico restaurado do século 20, redescoberto recentemente pela crítica.

"Esse *Show Girls* é mesmo um trabalho de mestre. É uma pena que não se façam mais filmes assim...", ele comentava com sua amiga marchand Beth Segall, quando o Rodney Ramos atravessou a alameda correndo, parou diante deles e tirou do bolso do casaco uma bola esverdeada esquisita.

"Morra, seu crítico de arte insensível e filho da puta!", ele disse. Antes que Krupa pudesse reagir, a bola verde se dissolveu numa poeira fina e cobriu totalmente o seu rosto. Sem conseguir respirar, Krupa caiu no chão estrebuchando, com as mãos em volta da garganta, enquanto Beth Segall saía correndo e se refugiava numa loja de eletrodomésticos.

"Você acaba de inspirar mais de um milhão de nanobôs!", explicou Rodney Ramos. "Eles já entupiram o seu pulmão. Agora seu coração vai acelerar até explodir, enquanto você morre asfixiado, seu merda!"

Wagner Krupa se contorcia na calçada que imitava mármore, tentando inutilmente conseguir um pouco de ar. O nariz ardia, o pulmão queimava e ele sentia um nó entupindo a garganta. Parecia que sua brilhante carreira de crítico de arte acabaria ali, naquele chão cheio de gomas de mascar. Era o fim.

Mas então um segurança da shopping city chegou por trás de Rodney Ramos e o nocauteou com um cassetete elétrico de 220 volts. O artista assassino caiu gemendo e babando.

Enquanto isso, um outro homem, de terno azul-escuro, apontou um aparelhinho parecido com uma minilanterna para Wagner Krupa. A coisa fez um leve zumbido e o desesperado crítico de arte sentiu o ar voltar aos seus pulmões. Krupa puxou o oxigênio com vontade e, cambaleante, se escorou na vitrine de uma loja.

Tudo girava, a cabeça doía e o estômago se revirava como se suas entranhas estivessem pulando carnaval. Uma bola pareceu subir do estômago pra garganta, e o crítico vomitou uma gosma verde em cima do sapato do guarda.

"Merda!", disse o segurança. Krupa soltou um "me desculpe" gutural e depois tentou agradecer a seus dois salvadores.

"Obrigado... vocês..."

45

"Não precisa dizer nada, senhor Krupa", respondeu o homem de azul. "Sou da Associação Protetora dos Críticos de Arte, APCA. O senhor paga mensalidade é pra isso mesmo."

O homem esticou o braço mostrando a minilanterna.

"O pulso eletromagnético destruiu os nanobôs, mas o senhor vai sofrer com náuseas e disenteria por alguns dias até eliminar completamente a infecção do organismo."

Enquanto o guarda de roupa cor de abóbora limpava o sapato no tapete em frente ao Cine Bidimensional Megaplex Nostalgia, o homem da APCA se agachou ao lado de Rodney Ramos. Um filete de sangue escorria da boca do artista.

"Esse cretino vai pegar pelo menos um mês de prisão."

O guarda voltou com o sapato um pouco mais limpo e saiu arrastando o artista roboticista.

Krupa ficou ali, tremendo, gemendo, e com uma vontade desesperadora de se trancar num banheiro.

"Toma cuidado com sua crítica na próxima vez", aconselhou o homem de azul da APCA, enquanto se afastava.

2 — RODNEY RAMOS E O ROBOTICISMO

A crítica de Wagner Krupa à exposição *Nanomutações Conceituais*, exibida no Museu de Arte Robótica de Shopping City 22, durou poucos minutos no *Arte & Antiarte* (ArTV Channel).

Ele disse:

"A excrescência pseudovanguardista conhecida como roboticismo foi enriquecida esta semana com a exposição *Nanomutações Conceituais*, de Rodney Ramos. O artista, se é que o termo se aplica a esse pilantra embusteiro, usa nanobôs moleculares que se transmutam em um monte de inutilidades: esculturas clássicas, esculturas modernas, vasos, bichos, insetos e outras bizarrices. Suas nanoengenhocas têm a forma de uma poeira verde e fétida que se combina e recombina numa interminável apresentação infantiloide, sob o som de uma eletrorrumba de quinta categoria. Esperei, em vão, que a poeira robótica se transmutasse em bosta, mas isso não aconteceu. Paradoxalmente, é exatamente isso o que ela é: uma bosta. Esse simulacionismo pseudoartístico é uma derivação decadente da primitiva arte cinética, um pós-parangolé boçal. Rodney Ramos não é, nunca foi e jamais será um artista. O ostracismo o aguarda ansioso e salivante."

3 — AVELINO CHAMA

Dois meses depois da tentativa de assassinato, quando a disenteria de Wagner Krupa já começava a dar sinais de melhora, o crítico recebeu um holofonema de Avelino Glam, dono da Galeria Naïve Nouveau, que ficava no trigésimo sexto piso da cidade-cubo.

Avelino Glam era um homem gordo e careca, que usava um ridículo e ultrapassado cavanhaque verde-limão. Krupa já havia feito negócios com ele no passado. Uma jogada envolvendo cestos yanomamis. Deu um bom dinheiro na época.

"Você não vai acreditar, homem! Isso é a coisa mais fabulosa que já aconteceu na história da arte desde o surgimento da Op Art!"

"Olha, Avelino, eu não tenho mais saco pra essas vanguardices..."

"Quem falou em vanguardice, Wagner? Isso é outra coisa! Tem muito dinheiro envolvido! Venha pra cá agora!"

Meio a contragosto, Wagner Krupa abandonou o vinho lituano no decanter, se meteu num terno azul-metálico (última moda em Caracas) e se esmerou no nó da gravata amarelo-ovo com detalhes em prata. Conferiu a imagem no espelho. Os cabelos estavam cada vez mais grisalhos. Ele precisava retocá-los de azul.

Wagner Krupa acionou o controle remoto universal e uma das paredes do apartamento deslizou para a esquerda, revelando a garagem diminuta e o elegante triciclo Googlet movido a resíduos orgânicos. Graças à infecção nanobótica, o tanque estava cheio.

O crítico se jogou no carro e saiu acelerando pela Alameda Ginger Lynn.

4 — EUROPA E A LIBERDADE

A forma rotunda de Avenilo Glam esperava por Wagner Krupa no meio da Galeria Naïve Nouveau. Glam usava um

48

terno cor de vinho, que dava a ele a aparência de um enorme rabanete produzido por manipulação genética.

"Homem, você vai ficar abestado!", sorriu a criatura, pegando o crítico pelo braço. "Venha até o depósito, Wagner!"

O rabanete falante conduziu Krupa até uma porta nos fundos da galeria. Era um depósito escuro, cheio de objetos de arte diversos. Dois quadros cobertos com lençóis brancos estavam encostados na parede. Um deles tinha uns cinco metros de comprimento. O outro era um pouco menor. Dois metros por um e meio.

Avelino Glam acendeu a luz e puxou o pano que cobria a primeira tela. Krupa ficou de fato abestalhado.

"Isso... isso é uma cópia quase perfeita, Avelino. Onde você..."

"Não é cópia."

"Não...?"

"Isso é a coisa legítima, homem! Um Eugène Delacroix de verdade! De verdade! Não é excitante?"

A pintura de cores sombrias mostrava uma mulher de seios nus carregando um fuzil e a bandeira da antiga república francesa. Ao lado dela, um garoto armado com duas pistolas caminha confiante pisando em cadáveres. O povo segue a dupla, cheio de ardor revolucionário.

"Você está louco, Avelino?", quase gritou Krupa. "Isso aí é *A Liberdade guiando o povo*. Isso estava no Louvre!"

"Eu sei, Wagner, eu sei! É um milagre! Um milagre! O quadro escapou da destruição! E olha só esse outro, homem, olha o outro..."

Avelino Glam descobriu a segunda tela.

O quadro mostrava outra mulher de seios desnudos, sentada sobre um touro branco à margem de um mar de águas escuras. Homens e mulheres seminus cercam a moça e o bicho. Acima deles, tendo ao fundo um céu azul de nuvens cinzentas, anjinhos barrocos brincam de roda.

"Isso é rococó", arriscou Krupa. "Século 18, acho. Conheço, mas não lembro o nome."

"*O arrebatamento de Europa*", acudiu Avelino Glam. "De François Boucher. O touro branco é Júpiter transfigurado. Não é lindo?"

"Mas esse quadro também..."

"Também estava no Louvre! E também escapou! E agora está aqui! Aqui! Na minha galeria!"

Foi quando Wagner Krupa perdeu a paciência.

"Ah, deixa de ser pretensioso, gordo retardado!"

5 — O SONHO FUTURISTA

Aquilo não era possível, pensava Wagner Krupa.

O mundo inteiro tinha assistido à queima do acervo do museu do Louvre pelo Califado de Paris.

Fazia dois anos.

As chamas arderam por quase 20 dias consumindo quadros e mobília, tapeçarias e armaduras, roupas e cortinas, esculturas e antiguidades.

O califa Ibr Barn Srid, o Justo, realizara o sonho dos dadaístas, geneticistas e futuristas: a destruição de todos os museus da França. Nem a pirâmide de vidro que dava acesso ao Louvre escapou da fúria xiita. O "símbolo do paganismo" foi arrebentado a pedradas pela multidão e depois destroçado por tratores.

As esculturas que resistiram ao fogo — a *Vênus de Milo*, a *Vitória de Samotrácia* — foram destruídas a marretadas.

A ONU protestou, a União Europeia sapateou, o protoczar Evgene Davidovitch lamentou, o Papa Leão XIV chorou e até a Igreja Marxista Teocrática soltou nota de protesto. Intelectuais marcharam em Havana, artistas organizaram manifestos em Caracas, os ingleses ameaçaram desembarcar em Calais, Washington falou em bombardear Paris. Nada adiantou. O califado não arredou pé da decisão. Apenas parte da seção de arte do Islã foi poupada pela Polícia Cultural Xiita.

Quando foi eleito presidente em 2048, o islâmico xiita Ibr Barn Srid garantiu que manteria a tradicional divisão entre Igreja e Estado conquistada na revolução de 1789 e que a França continuaria sendo uma república laica. Blablablá. Tudo conversa.

Dezesseis anos mais tarde, depois de sucessivas reeleições, Barn Srid decidiu transformar a França num califado. O governo promoveu um plebiscito, a maioria islâmica aprovou a mudança, e o presidente foi aclamado califa.

O primeiro ato do califa Ibr Barn Srid, o Justo, foi impor a sharia ao país.

Os museus começaram a arder uma semana depois. Todos eles violavam as leis do Alcorão por exibirem figuras humanas. Sem falar nos deuses e deusas pagãos representados em centenas de obras. E as mulheres peladas, então? Milhares! E não apenas nos museus, mas em Paris inteira! Nas ruas! Nas praças! Ibr Barn Srid não deixou nada inteiro. Nada. Nada.

E agora, dois anos depois, Avelino Glam, dono de uma galeria de merda num país miserável assolado por guerras civis, afirmava que tinha a posse de um Delacroix e de um Boucher?! Nem fodendo, pensou o crítico.

6 — IRISH COFFEE

Wagner Krupa e Avelino Glam caminharam até um café na Avenida Domingos Calabar, perto da Galeria Naïve Nouveau. O crítico pediu um Irish coffee descafeinado e não alcoólico. O galerista pediu um suco artificial de graviola e um enorme pedaço de torta de maçã sintética.

"A notícia é sua, Wagner! Exclusiva! Pode dar lá no *Arte & Antiarte*. Você me ajuda a divulgar o leilão e eu te consigo uma boa comissão."

"Leilão?", perguntou Krupa, enquanto limpava o chantilly do nariz. "Você não aprendeu nada com aqueles cestos yanomamis, Avelino? O Comitê de Defesa dos Consumidores acaba com seu crédito e tira sua licença de comércio..."

"Aquilo era um problema político! Isso é uma coisa completamente diferente, homem! Você já pensou no preço que esses quadros vão alcançar? Já?"

Avelino enfiou um pedaço gigante de torta na boca. Enquanto ele lutava para deglutir a iguaria, Krupa acendeu um cigarro desnicotinizado sabor laranja.

"Esses quadros são falsos, Avelino. Tá na cara!"

"Eu tenho comprovante de dois especialistas afirmando que eles são autênticos! Dois!"

"Tem?"

"Juro pelo casaco sagrado do santo Lênin!"

Avelino Glam havia sido teomarxista na adolescência. De vez em quando, ele tinha umas recaídas.

"Mas como foi que esses dois quadros chegaram neste cu de mundo?"

"Ora, Wagner Krupa! Não seja um subdesenvolvido com complexo de inferioridade, homem! Os quadros iam ficar onde? Com os sindicalistas ingleses? Na Espanha neofascista? Em Portugal, onde os teomarxistas estão quase derrubando o governo? Eles estão muito melhor aqui!"

"Mas por que aqui? Como eles vieram parar aqui, Avelino?"

"De barco, ora. Pouco antes da destruição do Louvre, dois funcionários do museu roubaram as telas e fugiram para o sul. Você acha que aqueles incendiários iam dar pela falta de dois quadros? Foi só atravessar os Pireneus e embarcar as telas na Espanha, homem!"

"Por que aqui?"

"A Federação Legalista Brasileira não tem relações diplomáticas com o califado, homem. Quer lugar melhor?"

"E como os quadros foram parar na sua galeria?"

"Ah, Wagner, eu tenho as minhas conexões, você sabe. E sou muito bom em leilões. Me ajuda a divulgar o leilão e eu te dou 5% do que eu faturar, homem! Nós vamos fazer trilhões de guarujás!"

"Yuans!", respondeu Krupa, assoprando a fumaça alaranjada.

"Hã?"

"Yuan! Faz o leilão em moeda chinesa, Avelino! E eu quero 10%!"

"Wagner, Wagner... você quer me esfolar... você só vai divulgar o leilão, tenha dó. No máximo, 5%..."

"Dez!"

"Cinco..."

"OK, oito..."

Avelino devorou o que restara da torta de maçã. Limpou a boca e finalmente respondeu:

"Muito bem, fechado nos oito. Mas quero uma boa divulgação! Nós temos que arrumar clientes no mundo inteiro, homem!"

7 — O LEILÃO

A transmissão de Wagner Krupa foi apaixonada. Ele não dedicou apenas um programa ao leilão de Avelino, mas três.

Falou que aquela era uma oportunidade única de adquirir uma verdadeira obra de arte e não uma "pós-picaretagem transvanguardista de merda". Dissertou longamente sobre as cores complementares em Eugène Delacroix, a importância do artista no movimento romântico e sua reação ao neoclassicismo francês, sem falar no caráter político da obra.

"*A Liberdade guiando o povo* é uma celebração dos valores democráticos e uma negação ao obscurantismo", disse Krupa, "quem adquirir esta belíssima obra de Delacroix também estará contribuindo para preservar a cultura ocidental da barbárie fundamentalista islâmica."

François Boucher foi tratado como o maior discípulo de Peter Paul Rubens, um gigante do barroco e do erotismo, o pintor favorito de Luís XV.

"*O arrebatamento de Europa* por Júpiter transformado em touro é um tesouro único e não fará feio em nenhuma residência de bom gosto do consumidor moderno", completou o crítico.

Os programas foram transmitidos para todas as cidades-cubo e também para parte da Europa (Inglaterra e Alemanha) e da América do Sul (República Anarcoliberal do Rio da Prata e P-Uruguai).

Mas o leilão, aos cuidados da Christie's de Shopping City 34, nem chegou a acontecer. Um milionário portenho, que preferiu se manter incógnito, arrematou as duas telas por 50 milhões de yuans (alguns bilhões de guarujás, moeda corrente na Federação Legalista Brasileira). Ninguém se atreveu a fazer um lance maior.

Wagner Krupa, feliz da vida, decidiu gastar toda a sua parte com vagabundas cibernéticas.

8 — CYBER HAVANA SOCIAL CLUB

Wagner Krupa empurrou a loira de silicone que repousava com a cabeça em cima do seu peito e também a morena artificial, que estava ao seu lado na cama. A cyber puta morena caiu da cama e resmungou um palavrão em código binário, mas o crítico nem ligou.

Desde o encerramento do leilão, ele se internara no Cyber Havana Social Club, um dos puteiros mais concorridos de Shopping City 22.

Tinha encomendado duas cyber vadias e todo o champagne jamaicano que havia no estoque. Ele adorava aquelas mulheres sintéticas esculpidas em silício. Todas muito macias e solícitas. Silício e solicitude, esse era o caminho da felicidade.

Ele pegou uma garrafa de champagne ao lado da cama e bebeu direto do gargalo. Não tinha nada. Todas as garrafas espalhadas pelo quarto estavam vazias. Mal-humorado, Krupa apertou o interfone e gritou:

"Ei... garçom... acabou o champagne!"

Esperou alguns minutos, mas ninguém respondeu. Meio bêbado, ele se meteu no roupão vermelho do clube e saiu se esgueirando pelo corredor escuro que levava até a portaria.

Mas nem precisou chegar lá. No meio do caminho, tinha uma garota de minivestido pink e um sujeito enorme metido num terno cinza-chumbo.

"Senhor Krupa, parece que temos um problema", disse a moça.

"Já sei, acabou o champagne dessa merda...", disse o crítico.

"Não, não é isso, infelizmente. O seu crédito aparentemente foi suspenso."

"Quê?! Como assim? Eu frequento essa espelunca faz dez anos! Vai chamar o Kanikama."

Humberto Kanikama era o dono do Cyber Havana Social Club.

"O senhor não entendeu, senhor Krupa. O seu crédito não foi suspenso aqui no clube", esclareceu a mulher. "O seu crédito acabou. Foi suspenso. O senhor não é mais um consumidor..."

"Quê?!"

A pior coisa, a mais horrorosa e tenebrosa, a mais odiosa e perigosa, a coisa mais horrenda e cruel que pode acontecer a um morador de uma shopping city é perder o crédito. As cidades-cubo foram construídas para consumidores. Quem não consome não pode viver ali. E isso significava a expulsão para o mundo exterior, com suas gangues mutantes, selvagens sem-teto, quadrilhas de motoboys psicóticos, terroristas teo-marxistas, gangues criminosas, assaltos, assassinatos, guerras e balas perdidas.

"Quê?!", repetiu Krupa.

"Lamento, senhor. Quando acessamos sua conta só apareceu um aviso dizendo que o senhor deve procurar a Receita Federal..."

"Deve ser alguma falha no sistema!", disse Krupa, que ficara sóbrio de repente. "Vou resolver isso já!"

Ele voltou ao quarto, acompanhado pelo casal, pegou o holofone portátil em cima do criado-mudo e discou o número da Receita (171), que sabia de cor. Apareceu o rosto flutuante e impassível de uma mulher loira:

"Este holofone não está mais disponível. O crédito deste consumidor encontra-se bloqueado pela Receita Federal. Para maiores esclarecimentos, dirija-se à representação da Receita nesta shopping city: Alameda Adam Smith, número 1.207, piso 32."

"Filhos da puta!", murmurou o crítico. "Vou ter que ir até lá!"

O homem de terno cinza, que até então tinha ficado calado, falou pela primeira vez:

"Mas quem é que paga sua conta?"

Krupa virou-se para ele:

"Eu volto em meia hora. Isso é coisa simples."

"Não vai dar, não. O senhor deve mais de 100 mil guarujás. Vai ter que deixar uma garantia."

"Quê?! Eu quero falar com o Kanikama!"

"O Kanikama não está, pode falar comigo mesmo..."

"Escuta, eu preciso ir até lá pra resolver essa merda..."

"Tudo bem, mas seu carro fica", respondeu o bruta-montes.

"Quê?! Aquilo é um triciclo Googlet novinho! Custa mais de um milhão!"

"O carro fica, você vai. Se o carro vai, você fica. Nós não vamos servir mais nada até restabelecerem seu crédito."

"Merda! O Kanikama vai acabar com você quando ficar sabendo disso...", respondeu o crítico, já resignado. "Posso pelo menos tomar um banho e me vestir?"

"Vestir, pode; banho, não."

9 — ESCADAS E ESTEIRAS

Wagner Krupa saiu do puteiro resmungando e pegou a esteira expressa na Avenida Oscar Niemeyer. Desceu na praça de alimentação Mahatma Gandhi, maldizendo a multidão e tentando se desviar das centenas de vendedores ambulantes. As lojas de comida deixavam o lugar com um permanente cheiro de fritura. Pastéis de carne sintética. Pamonhas orgânicas. Caldo de cana adoçado artificialmente. Balas de algas com sabores de salmão, bacalhau e atum.

Ele venceu a multidão e subiu na enorme escada rolante que levava até o piso 23. Desembarcou na movimentada Avenida Vanessa del Río (robôs domésticos, smokings transparentes, peças para cama, mesa e banho) e entrou na esteira que corria ao lado da rua. Os triciclos soltavam um inconfundível cheiro de gás metano. Nem os possantes exaustores da cidade-cubo conseguiam limpar o fedor do lugar.

Krupa saltou da esteira na altura do megaelevador expresso que ia até o piso 30. Mas a porcaria não estava funcionando. "Em manutenção", avisava a placa amarela.

Merda!

Vinha um cheiro bom da pizzaria Mama Brown, em frente ao elevador quebrado, e Krupa pensou em entrar lá e comer uma fatia de margherita com tomate orgânico e queijo não-calórico. Mas então ele se lembrou que não era mais consumidor e que não tinha crédito pra porra nenhuma. Nem pra um pedaço de pizza.

Resmungando, o crítico voltou à esteira, foi até o fim da avenida e pegou o outro elevador, completamente entupido de gente. Era tanta gente que ele nem conseguiu saltar no piso 32. Acabou descendo no 37 e voltou de escada cinco andares até a Alameda Adam Smith.

Aí ele encarou um chá de cadeira de duas horas na Receita Federal.

10 — MORTE E IMPOSTOS

Depois de confirmar nome, data de nascimento, nacionalidade, número do certificado de consumidor, número de registro geral, número de registro de pessoa física, endereço de moradia, números dos holofones fixo e portátil, endereço do local de trabalho e preencher um longo questionário em seis vias, Wagner Krupa finalmente foi atendido por um homem sorridente de bigode amarelo-ovo.

"Wagner Krupa, certificado de consumidor número 3.901.2323.402-17?", perguntou o homem olhando para a tela do neurocomputador portátil que trazia preso ao pulso esquerdo.

"Sou eu."

"Registro de pessoa física número 2107.2312.4017?"

"Isso."

"Domiciliado à Alameda Ginger Lynn, número..."

"Escuta, eu vou ter que repetir tudo?"

"Não, não precisa. Só formalidade. Profissão?"

"Crítico de arte..."

"Ah, que interessante... qual é o seu problema?"

"Vocês cortaram meu crédito!"

"O senhor deixou de pagar alguma prestação?"

"Não!"

"Importou algum produto proibido pela Federação Legalista Brasileira, como drogas ilegais, alimentos contaminados ou armas de destruição em massa?"

"Não! Vocês simplesmente cortaram meu crédito!"

"O senhor fez alguma transação financeira substancial nos últimos dias?"

"Eu recebi uma comissão pela venda de alguns quadros..."

"Obras de arte?"

"É, dois quadros franceses que foram leiloados..."

O bigode amarelo-ovo arregalou os olhos e sorriu.

"Ah, sim... o senhor é o homem dos quadros. Agora entendi. Aguarde um instante, por favor."

O bigode amarelo saiu e voltou alguns minutos depois com um outro homem, de cabelos brancos ralos.

"Senhor Wagner Krupa", disse o de cabelos brancos, "acabo de perder 50 guarujás. Apostei que o senhor não ia aparecer."

"É claro que eu ia aparecer. Vocês cortaram meu crédito!"

"Não acho que o senhor esteja com problemas de crédito no momento, senhor Krupa."

"Isso é uma piada? Se for, me avisa porque eu não achei a menor graça."

O homem fechou a cara.

"Não, não é piada, senhor Krupa. Desaparecer com 50 milhões de yuans é evasão de divisas. E numa situação de guerra civil isso é considerado alta traição. Portanto, a menos que o senhor esclareça onde o dinheiro foi parar e pague todos os impostos correspondentes, a única solução será encaminhá-lo para trabalhos forçados em uma das unidades Carandiru."

Unidades Carandiru é o nome da rede de presídios na Federação Legalista Brasileira. Todos são privatizados e administrados pela mesma construtora das shopping cities.

"Mas esse dinheiro não ficou comigo, eu só recebi uma comissão pela venda. Coisa de uns 3 milhões de yuans. Quem vendeu os quadros foi o Avelino Glam."

O homem de bigode amarelo entrou na conversa:

"Avelino Glam, certificado de consumidor número 4.807.1414.201-24?"

"Esse mesmo, quer dizer, sei lá. Vou lá saber o número de consumidor dele?!"

"Ele declarou que os quadros pertenciam ao senhor. O senhor Glam afirma ter recebido apenas uma comissão para organizar a exposição."

Wagner Krupa perdeu a pouca paciência que ainda lhe restava.

"Aquele gordo escroto filho da puta!"

"Senhor Krupa", disse o homem de cabelos brancos, "devo adverti-lo de que o senhor Avelino Glam sofre de obesidade mórbida e que o senhor pode ser processado por chamá-lo de 'gordo'."

"Rolha de poço escrota filho da puta!"

"Rolha de poço também não é uma expressão recomendável."

"Escuta, os quadros eram dele! Foi ele quem trouxe!"

"O senhor pode provar?"

"Posso! Claro que posso!"

"Tem algum recibo que comprove a transação?"

"Não, é claro que não. Mas os quadros estavam na galeria dele. Ele só me chamou para que eu fizesse um programa na holoTV sobre o leilão. Foi só isso!"

"Não é o que ele diz. Ela afirma que entregou os quadros ao comprador que, por sua vez, creditou os 50 milhões de yuans para o senhor."

"Filho de uma égua mutante! Esse dinheiro nunca entrou na minha conta!"

"Na verdade, entrou." Quem falava agora era o homem de cabelos brancos. "No dia cinco do dois, às treze horas e quatorze, 50 milhões de yuans foram acrescentados ao seu crédito de consumidor. Mas no mesmo dia cinco do dois, às quatorze e dezesseis, os 50 milhões foram transferidos para uma outra conta."

"Que conta?!", alarmou-se Krupa.

"Uma conta em Havana."

"Havana? De quem é a conta?"

"Sua, eu suponho. Cuba é um paraíso fiscal. Ninguém pode ter acesso aos dados dos investidores."

Krupa acendeu um cigarro desnicotinizado sabor laranja. Depois disse:

"Mas a conta só pode ser do gordo safado. Ele armou pra mim, não pagou minha comissão e ainda escapou sem pagar impostos!"

"Pensamos nessa hipótese", informou o bigode amarelo. "Até que o senhor Avelino apareceu para esclarecer a situação. Ele não saiu da Federação Legalista Brasileira. Na verdade, não saiu nem de Shopping City 22."

"Além disso, ele está em dia com a Receita", acrescentou o homem de cabelos brancos.

"E então, senhor Krupa, como vamos resolver isso?", perguntou o bigode amarelo.

"E eu sei lá?!", berrou o crítico. "O adiposo filho da puta faz uma merda dessas e eu é que tenho que resolver?"

"Senhor Krupa", falou o de cabeça branca, "devo adverti-lo de que o termo adiposo filho da puta pode lhe criar problemas ainda maiores."

Puta que pariu! Aquilo era o fim. O crítico terminou o cigarro e jogou a bagana na direção da parede, que, construída em metal inteligente transmorfo, absorveu e deglutiu o resto de cigarro.

"Mas e agora? O que é que eu faço?", ele perguntou, quase implorando.

O bigode amarelo respondeu:

"Bem, até que o senhor nos traga documentos que comprovem a origem dos quadros e o destino do dinheiro arrecadado com o leilão, o seu crédito continuará suspenso..."

"Mas isso é uma sacanagem! Como eu vou pagar minhas contas?!"

Os dois homens pararam de falar e desligaram os neurocomputadores que traziam presos ao pulso, dando a reunião por encerrada. O de bigodes amarelos entregou a Krupa um pequeno pedaço de papel.

"Esse é o seu número de protocolo. Quando o senhor tiver toda a documentação, é só apresentá-lo para escapar da fila e não ter que preencher todos aqueles questionários de novo. Eu enviaria o número diretamente para o seu holofone, mas o senhor não tem mais crédito para acessá-lo, não é?"

II — O CASO YANOMAMI

Wagner Krupa saiu da Receita xingando o capitalismo, a sociedade de consumo e Avelino Glam em particular. O gordo escroto tinha armado legal pra ele. Isso era sacanagem da grossa. Ele ia esganar o pudim de banha traiçoeiro com as próprias mãos.

Enfurecido, Krupa pegou a primeira escada rolante que subia em direção ao piso 36, onde ficavam as galerias de arte.

Gordo canalha, pensava Krupa. E isso depois de toda aquela zorra envolvendo os cestos yanomamis! Ah, se ele soubesse que o galerista adiposo era tão traíra...

Cinco anos atrás, Avelino Glam tinha sido acusado de vender artesanato da Nação Yanomami na Naïve Nouveau. Um crime sério. Os índios haviam declarado a independência em 2035 e, desde então, estavam em guerra com a Federação Legalista Brasileira. Qualquer um que negociasse com os silvícolas era considerado um traidor da pátria. Paradoxalmente, o artesanato yanomami, agora proibido, passou a ser disputado a tapas pelos consumidores de bom gosto das shopping cities.

Avelino Glam fez uma pequena fortuna vendendo cestos contrabandeados, até que foi pego pelo Comitê de Defesa dos Consumidores. A criatura obesa foi ameaçada com corte de crédito, prisão, tortura e exílio, mas Wagner Krupa, o crítico de arte mais conceituado da cidade, saiu em sua defesa.

"A arte", afirmou Krupa na ocasião, "pertence à eternidade e paira acima da geopolítica irrelevante do quotidiano burguês e antiestético."

Algo assim.

66

O argumento convenceu o comitê de consumidores e livrou o rabo do Avelino Glam. Claro que Wagner Krupa nunca precisou pagar pelo lindo cesto yanomami que comprara alguns dias antes na Naïve Nouveau, mas isso não importava! O gordo nojento era um traíra safado, escroto e filho da puta. Ele iria pagar muito caro por aquela putaria.

Depois de duas horas de caminhada por calçadas de borracha sintética e escadas rolantes, o crítico parou em frente à Galeria Naïve Nouveau, na Alameda Jackson Pollock. Fechada. Merda! E agora? Como encontrar a montanha de gordura? Krupa não tinha a mínima ideia de onde o sujeito morava. E não tinha um mísero crédito para acionar o GPS do holofone. Merda, merda. O jeito era voltar para casa e consultar um ultrapassado catálogo de endereços impresso em papel, que mantinha como calço de estante.

"Sim, é isso, não tem outro jeito", pensou Krupa, enquanto acendia o último cigarro do maço.

Ele estava ali, parado feito besta em frente à Naïve Nouveau, imerso pela nuvem de fumaça laranja, quando ouviu uma voz baixa e fina, logo atrás dele.

"Bonjour, monsieur Krupa..."

12 — FATWA

O crítico de arte virou-se. Era um homem jovem, baixinho, de uns vinte e poucos anos. Usava calça preta, camisa branca e um surrado paletó marrom-escuro. Tinha uma barba rala e um forte cheiro de suor azedo misturado com nicotina.

"Bom dia", respondeu Krupa, desconfiado.

"Eu sabia que, cedo ou tarde, o senhor passaria por aqui. Meu nome é Gérard Al-Kamil. Sou o porta-voz oficial do califa Ibr Barn Srid na Federação Legalista Brasileira."

Aquilo era mais problema, pensou Krupa. Sem saco, o crítico tentou desconversar.

"Porta-voz?"

"Meu cargo corresponde ao de um cônsul, mas, como monsieur deve saber, seu país não reconhece a legitimidade do califado", respondeu Gérard, enquanto tirava do bolso um documento esverdeado com o crescente islâmico listrado com as cores vermelha, branca e azul. O crítico de arte não disse nada. O francês continuou:

"Pelo que me consta, o senhor é responsável pelo roubo e comercialização de tesouros que pertencem ao meu país."

"Roubo?", reagiu Krupa. "Eu não roubei porra nenhuma!"

"Mas o senhor promoveu um leilão com dois quadros pertencentes ao antigo Museu do Louvre, monsieur."

"Eu não promovi porra... olha, eu não fiz merda de leilão nenhum, mas mesmo se tivesse feito, eu só teria ajudado a salvar duas obras que vocês iam jogar na fogueira!"

Gérard levou as mãos ao bolso, tirou um maço de cigarros amassado e acendeu um Gitane tradicional e malcheiroso. Krupa tossiu e abanou a mão direita para dissipar a espessa nuvem preta de nicotina.

"Monsieur Krupa", continuou o francês baixinho. "O meu governo pode dispor do nosso patrimônio cultural e artístico como bem lhe aprouver. As obras nos pertencem, e só estou aqui agora, falando com o senhor, porque não nos interessa criar um incidente diplomático com o seu país. Basta que monsieur ressarça o califado."

"Ressar...?! O dinheiro não... Ah, quer saber, vá se foder, seu ignorante incendiário de merda!"

Ele não podia perder tempo com o francesinho xiita. Precisava encontrar Avelino Glam. Precisava descobrir onde o dinheiro tinha ido parar. Precisava pegar a sua parte dos yuans. Precisava recuperar seu crédito. Precisava pegar o Googlet no puteiro. Precisava esganar o gordo safado e precisava voltar a ser um consumidor antes que acabasse expulso da cidade-cubo.

Wagner Krupa deu as costas para o francês e seguiu em direção à esteira rolante. Mas Gérard Al-Kamil não se deu por vencido e o seguiu:

"Monsieur Krupa, sabemos que o nosso patrimônio roubado foi vendido por 50 milhões de yuans. Isso é crime, monsieur!"

Aquilo era o fim! Além de ter sido traído pelo gordo seboso, expulso de um cyber puteiro por um gorila amestrado, humilhado por dois burocratas da Receita Federal, agora ele tinha de ouvir merda de um francês xiita fedido?!

"Escuta aqui, seu selvagem fundamentalista..."

"Monsieur..."

"...não estou com tempo e nem saco pra jogar conversa fora com um orangotango obscurantista!"

"Monsieur, eu devo adverti-lo de que o senhor está falando com um representante oficial do Califado de Paris. Modere sua linguagem ou nós podemos lançar uma fatwa sobre sua cabeça. O senhor não vai gostar de ser caçado por jihadistas do mundo inteiro!"

"Você não pode me lançar fatwa porcaria nenhuma! Eu não sou muçulmano!"

"Nós não nos importamos com detalhes técnicos, monsieur."

Era raro que Wagner Krupa ficasse furioso. Ele havia feito cursos de meditação e zen-budismo aplicado. Conseguia dominar plenamente suas emoções, mesmo diante de uma abominável instalação roboticista. Mas o homem havia passado dos limites. Krupa agarrou o francesinho pelo colarinho do paletó e, cuspindo perdigotos na barba islâmica, gritou:

"Escuta aqui, incendiário filho da puta, eu estou tentando recuperar o meu crédito pra não ser expulso dessa bosta de shopping city! Eu não trouxe os quadros pra cá! Eu só ajudei a fazer a bosta do leilão! Eu não sei onde está a merda do dinheiro, estou com fome, sujo e completamente sem saco! Saia daqui agora ou eu vou chutar sua bunda islâmica até o fosso do primeiro elevador que eu encontrar!"

Krupa soltou o colarinho do homem que, assustado, recuou alguns passos.

"Monsieur, eu devo adverti-lo de que..."

"Vai advertir a vaca da sua mãe!", respondeu o crítico, enquanto se afastava.

O francês, trêmulo, acendeu mais um Gitane e gritou:

"Vou procurá-lo em três dias, monsieur. Eu espero que o senhor tenha o montante que pertence ao califado, pois, se não o tiver, que Alá, o Misericordioso, se apiede da sua alma impura de porco ocidental decadente!"

"Vai se foder!", gritou Krupa, pegando a esteira rolante.

13 — O ARTISTA DA FOME

A porta do apartamento de Wagner Krupa não abriu.

Quando ele passou o cartão de crédito universal, que também funcionava como chave, um aviso luminoso apareceu bem no meio da porta:

"O consumidor não dispõe de crédito para residir neste apartamento."

Krupa tentou de novo.

"O consumidor não dispõe de crédito para residir neste apartamento."

Era só o que faltava. O crítico de arte tentou mais algumas vezes. E mais outras. E muitas outras. Nada. Enfurecido, meteu um pontapé na porta e gritou um palavrão. Agora ele estava sujo, cansado, com fome, sem crédito e com dor no pé.

Merda, merda, merda.

71

Sem saber para onde ir, Wagner Krupa começou a andar sem destino pela Alameda Ginger Lynn. Todos os consumidores da região continuavam comprando, comprando, comprando. Comprando e carregando caixas, pagando contas, fazendo filas como se nada, absolutamente nada, estivesse acontecendo.

A única solução era encontrar Avelino Glam e fazer a bola de gordura traiçoeira confessar tudo. Mas como encontrá-lo? O jeito era percorrer cada piso, cada loja, cada casa de Shopping City 22. Mas, enquanto isso, como viver? Onde morar? O que comer?

Ele andou até o fim da alameda e se sentou num banco de plástico. Estava louco por um cigarro. Suado. Morrendo de fome. O crítico de arte ficou ali, pensando no que fazer para sair da encrenca. Se não conseguisse virar um consumidor novamente, Krupa acabaria expulso da cidade-cubo. Não, melhor nem pensar nisso. Ele não sobreviveria nem uma semana fora de Shopping City 22. Não com todos os assassinos e ladrões e mendigos e sem-teto e mutantes e terroristas. Não. Ele tinha que voltar a consumir.

Wagner Krupa estava faminto. Sentia o estômago se contorcer de tão vazio. Foi a fome, sem dúvida, que fez o crítico de arte agir da forma que agiu. Em frente ao lugar em que ele estava tinha uma lanchonete da rede John Wayne's Burger, com seus sanduíches gigantescos de carne de soja e batatas fritas orgânicas. Ele viu quando uma menina saiu sorridente de lá com um grupo de amigos e jogou um double wayne cheeseburger plus quase inteiro no cesto da reciclagem. Quase inteiro. Krupa estava com muita fome. Muita fome. Ele se levantou do banco, esgueirou-se até o cesto e, tão discretamente quanto a situação permitia, começou a tatear o lixo para encontrar o hambúrguer.

Sua mão agarrou algo fofo e melequento. Pela consistência, só podia ser o sanduíche. Krupa já ia puxando a coisa pra fora, quando ouviu um apito atrás dele e uma voz que ordenava:

"Ei, mendigo! Pare aí agora mesmo!"

Era um oficial de segurança da cidade-cubo, vestido com o tradicional e horrendo uniforme cor de abóbora. Mendicância era um crime sério nas shopping cities. A punição, quase sempre, era a expulsão definitiva da cidade. Krupa soltou o sanduíche e saiu correndo. O guarda abóbora o seguiu apitando feito um louco.

"Volta aqui, mendigo!"

Krupa saltou uma esteira e pulou um banco. O guarda veio atrás apitando.

"Pare aí!"

Ele cruzou a rua e virou a esquina. O guarda veio atrás apitando.

Sua única esperança era desaparecer no meio da multidão. O problema é que aquela era uma região pouco movimentada da cidade-cubo. Tudo o que restava a ele era correr, correr, correr até chegar a um elevador expresso e sumir ali dentro.

Ele pulou um canteiro de flores de plástico e subiu correndo a escada rolante. O guarda veio atrás apitando.

73

Krupa saiu no piso de cima. Ofegante, sentindo uma pontada aguda no lado esquerdo da barriga. Ele ia ser capturado. Não aguentava mais correr. Era o fim, era o fim. Aquilo ia ser o fim. Mas, então, ele ouviu um barulho de tombo, e o apito do guarda parou de tocar. Krupa voltou-se para ver o que tinha acontecido e viu o guarda estatelado no chão. Ele parou no meio da rua, meio sem saber o que fazer, quando viu um outro homem, saindo de trás de um display de liquidação.

"Corre, corre. Ele já vai se levantar!", disse o estranho, também correndo.

O crítico saiu atrás do desconhecido. O homem pulou um banco e atravessou correndo uma agência de robôs domésticos, cruzou uma lanchonete de comida reciclada e entrou numa loja de holoTVs. Saiu do outro lado e forçou uma porta grande, de metal, onde estava escrito "Proibida a entrada". Krupa foi atrás.

Ficaram quietos, ofegantes, ouvindo o apito cada vez mais baixo, seguindo em outra direção até desaparecer. Só então Krupa deu uma olhada em volta. Eles estavam num lugar enorme e iluminado porcamente por luzes brancas grudadas na parede.

"Despistamos o cara", disse o homem. "Vem comigo."

Krupa foi.

14 — A COMUNIDADE

"Meu nome é Leopoldo, eu sou engenheiro", disse o homem, estendendo a mão para Krupa.

"Wagner Krupa, crítico de arte."

Leopoldo aparentava uns 40 anos. Tinha cabelos vermelhos com tintura desbotada, vestia jeans rasgados e uma blusa puída de lã cinza.

O lugar onde eles estavam era um galpão alto e muito amplo. Tinha teto de concreto, paredes descascadas e era completamente vazio. Sem lojas, sem consumidores, sem nada.

"Que lugar é esse?", perguntou o crítico.

"Era pra ser uma ala nova", respondeu Leopoldo. "Iam construir outra biozona aqui, só lojas de bichos sintéticos, mas o dinheiro acabou e a obra ficou parada. Nós resolvemos ocupar o lugar."

"Nós? Nós quem?"

"Gente sem crédito, igual a você. Vem comigo, o jantar já vai ser servido."

Leopoldo saiu caminhando pelo galpão mal iluminado. Krupa o seguiu. Depois de virarem uma esquina, o crítico avistou uma estrutura esquisita. Era uma construção erguida com placas de plástico, pedaços de madeira, caixas de eletrodomésticos, embalagens das mais diversas, tudo amontoado como se fosse uma instalação de arte imediata. As paredes improvisadas iam do chão cinzento ao teto branco encardido. Leopoldo empurrou um cartaz que anunciava um cereal matutino de banana artificial. Krupa percebeu que o tal cartaz servia como porta.

"Entre", convidou Leopoldo.

Krupa entrou. A construção era composta de várias estruturas menores, todas grudadas umas nas outras, como se fossem minicasas. Muitas pessoas se aglomeravam no interior do lugar. Cadeiras, caixas e camas estavam espalhadas por todos os cantos. Era quase uma cidade-cubo dentro da outra cidade-cubo. Só que desengonçada, bagunçada, feita de improviso com material de segunda. Homens e mulheres andavam de um lado para o outro. Crianças corriam pra lá e pra cá, fazendo um barulho infernal.

Leopoldo atravessou a bagunça e Krupa foi atrás.

"Vocês vivem aqui?", perguntou o crítico.

"Por enquanto. Se os guardas nos encontrarem vamos ter que procurar outro lugar pra comunidade", respondeu Leopoldo.

As minicasas abriram numa clareira que parecia o centro do conjunto habitacional. Uma espécie de praça de alimentação feita de sucata. Um display que anunciava neurocomputadores tinha sido colocado em cima de três cavaletes e servia como mesa. Em volta da mesa improvisada havia várias cadeiras, poltronas e sofás velhos, todas diferentes umas das outras.

Um cheiro bom de tempero enchia o ambiente. Krupa viu que, no canto esquerdo, encostado numa parede de concreto, havia vários fogões velhos. Um homem de branco com chapéu de cozinheiro coordenava o trabalho de dois ajudantes.

"O Jean-Claude está terminando o jantar", disse Leopoldo. "Senta aí no sofá que eu vou buscar alguma coisa pra beber."

Krupa se jogou numa poltrona velha e mofada. Depois de toda a correria, era bom se recostar. Leopoldo foi até um armário de plástico ao lado dos fogões e voltou trazendo uma taça de vinho em cada mão.

"Não é lituano, é da Ucrânia. Mas dá pro gasto", ele disse, entregando uma das taças a Krupa.

O crítico experimentou o vinho. Amargo, ruim, com gosto forte de cloro. Ou seria sabão? Uma bosta de vinho, mas era melhor não decepcionar seu salvador.

"Um bom vinho", disse Krupa.

"Eu sei que não é", respondeu Leopoldo. "Mas foi o que deu pra conseguir hoje."

"Como vocês conseguem vinho sem crédito?", perguntou o crítico.

"Roubando", respondeu o homem. "Todo mundo que mora na comunidade tem que roubar. Você também vai ter se quiser ficar aqui. Mas agora é hora de comer."

O tal Jean-Claude tocou um sino de metal, e as pessoas foram se aglomerando em volta da mesa, sentando em cadeiras e caixas de plástico. As crianças ficaram numa mesa menor, feita com engradados de cerveja eslava. Jean-Claude pediu silêncio e falou:

"O cardápio de hoje é salada verde orgânica, seguida de peito de canard com framboesas e risoto de alho-poró com salsão, louro e tomilho. O vinho é Ivan Ilitch ucraniano, safra 2067. Para a sobremesa, temos frutas orgânicas laminadas e sorvete de tofu. Bom apetite."

Os ajudantes de Jean-Claude começaram a servir a comida. O pato estava duro e queimado. Talvez para disfarçar o forte gosto de coisa podre, pensou Krupa. Mas, com a framboesa em cima, até que o sabor era suportável.

"Jean-Claude era o chefe da brasserie L'Etoile Noir", informou Leopoldo. "Excelente cozinheiro."

"E como ele veio parar aqui?"

"Ele resolveu abrir seu próprio restaurante no piso 38 faz uns três anos. Achou que os clientes da brasserie o acompanhariam. Não deu certo. Ele faliu e perdeu o crédito."

Krupa deu uma garfada no risoto úmido. Estava melhor que o pato, o que não significava muita coisa. Leopoldo apontou, com o garfo, um homem de cabelos emplastados de gel e gigantescos óculos escuros, que estava no final da mesa, conversando com uma mulher de cabelos roxos.

"Aquele ali é o Alexei Prado."

"O estilista?! Pensei que ele tinha morrido!"

"Não, não morreu", continuou Leopoldo. "Ano passado sua coleção outono-inverno foi arrasada pelos holocanais de moda. Não vendeu uma única peça. O Alexei entrou em depressão e caiu numa síndrome consumista. Gastou tudo o que tinha e não teve como pagar. Achei ele perdido no piso 17 e trouxe pra cá."

"E você, qual é a sua história?", perguntou o crítico de arte.

"Pôquer."

"Pôquer?"

"É. Comecei a perder, achei que ia recuperar, acabei perdendo mais. A história de sempre."

Krupa engoliu mais um pedaço de pato duro e jogou o vinho horroroso em cima.

"E antes disso?"

"Fui o engenheiro responsável pela construção disso aqui", respondeu Leopoldo, fazendo um gesto que abrangia toda a cidade-cubo.

15 — A GOROROBA

Leopoldo conhecia todos os becos da cidade-cubo. Ele também tinha desenhado mapas toscos para os parceiros de crime. Isso ajudava a escapar mais rapidamente dos vigias cor de abóbora. Dos fundos de uma loja de roupas plásticas dava pra entrar numa pet shop de animais clonados e, dali, escapar para um supermercado e surgir ao lado de um elevador expresso.

O difícil era roubar sem ser pego pelas câmeras de vigilância que esquadrinhavam praticamente toda a cidade-cubo. Era preciso se esgueirar, colado às paredes, ou então fingir que era apenas mais um consumidor levando alguma tranqueira para casa.

"Um dia nós vamos ter de mudar a comunidade pras garagens", explicou Leopoldo, enquanto ajudava Krupa a carregar uma caixa com latas de carne de soja vencida, que os dois tinham roubado numa delicatéssen.

"Ninguém vai até as garagens", disse Krupa.

"Por isso mesmo..."

As garagens não eram usadas havia anos. Ninguém se arriscava mais a sair das shopping cities. A não ser em veículos blindados e com forte poder de fogo. Ou em helicópteros. As imensas garagens subterrâneas se transformaram aos poucos numa zona morta abandonada, embora existissem planos de construir lojas ali e expandir Shopping City 22 para baixo.

Wagner Krupa estava vivendo entre os sem-crédito já fazia quase um mês. Ninguém tinha a mínima ideia de quem era Avelino Glam e nem sabia como encontrar o gordo seboso. Nem Leopoldo.

"Por que você precisa achar esse cara, afinal?", perguntou ele a Krupa, enquanto comiam a carne de soja roubada que Jean-Paul havia transformado num patê com gosto de merda.

"O filho da puta me roubou."

"Muito dinheiro?"

"O suficiente pra eu voltar a ser um consumidor..."

Leopoldo engoliu a gororoba e bebeu um pouco de água amarelada, supostamente aromatizada, de um copo sujo.

"Você precisa pensar na comunidade, Krupa. Nós todos somos vítimas desse sistema, igualzinho a você."

"Eu sei, Leopoldo, eu sei, mas é que não é tanto dinheiro assim..."

"Cinquenta milhões de yuans. Dá pra recuperar o crédito de todo mundo aqui."

O crítico de arte quase engasgou com o patê. Ele não tinha contado a história inteira pra ninguém. Só tinha falado da trapaça do rolha de poço e mais nada.

"Não foi difícil descobrir quem você é", explicou Leopoldo, enquanto limpava o prato. "Você está em todas as holo-TVs. Eu estava passando em frente a uma loja outro dia e vi. Interessante."

"Escuta, Leopoldo", respondeu Krupa. "Eu não fiquei com o dinheiro. Eu fui roubado! Sacaneado! Você acha que eu estaria aqui comendo essa bosta se tivesse todo esse crédito?"

"Eu sei que o dinheiro não está com você, Wagner. Relaxa..."

O crítico engoliu mais um pouco da coisa marrom.

"Mas tem a fatwa", continuou Leopoldo.

"Fatwa? Que fatwa?"

"O Califado de Paris está oferecendo dois milhões de euros para quem cumprir os desígnios de Alá e acabar com a sua vida."

Desta vez, o crítico engasgou de verdade. A porcaria da comida parou na garganta e o deixou sem respiração. Ele começou a tossir desesperadamente para tentar expulsar a gororoba. Leopoldo ficou observando em silêncio a agonia do crítico até que, solidário, lhe deu um tapão nas costas. Krupa cuspiu no chão uma bolota marrom, enquanto Leopoldo lhe estendia o copo com a água suja.

O crítico bebeu o líquido malcheiroso e murmurou um "obrigado" gutural.

Leopoldo sorriu:

"Salvei sua vida de novo, Wagner. Você está entre amigos aqui. O euro não vale nada. Não daria para ajudar essa comunidade inteira. Mas certamente seria suficiente para que eu recuperasse meu crédito."

"Escuta, Leopoldo, nós somos amigos..."

Leopoldo tomou o copo vazio da mão de Krupa.

"Sem dúvida, Wagner, sem dúvida. Vou pegar mais água."

Wagner Krupa engasgou de novo. Desta vez com saliva.

16 — ALEXEI PRADO

O crítico de arte se jogou no colchão imundo que usava como cama e apartamento. Uma tenda de plástico preto cobria o colchão. Ele precisava sair dali. Encontrar o odioso adiposo e voltar à sua vida normal. Precisava sair dali antes que fosse despedaçado por um bando de sem-crédito desesperados.

"Noc, noc", alguém disse, do outro lado do plástico. Krupa puxou a cortina e deu de cara com Alexei Prado. O estilista usava uma echarpe feita de plástico amarelo que combinava com a calça amarela, também de plástico, confeccionada a partir de sacos de lixo.

"Alexei...", respondeu Krupa, entediado.

"Nossa, Wagner, você está fedendo!", disse Alexei, sentando-se ao lado do crítico de arte no colchão.

"Faz cinco dias que eu não tomo banho. O chuveiro quebrou."

O chuveiro era apenas um cano de água pútrida, que ficava num quartinho de madeira e servia a toda a comunidade. Quando tinha água.

"Roube alguns perfumes. A Channel do piso 37 é ótima. Tem uma entrada ao lado. Você vai pela loja de bebidas, sai por uma porta lateral e..."

"Alexei, você quer alguma coisa?", perguntou Krupa, malhumorado.

O estilista mudou de assunto.

"Você está famoso agora, Wagner. Muito mais famoso. Está em todas as holoTVs."

"Você também quer me matar pra conseguir o dinheiro do califado, Alexei?"

"Eu? Wagner, que coisa desagradável pra se dizer..."

"O que é então?"

"Nada, nada mesmo. Só ia dizer que eu tenho a solução para os seus problemas, todos os seus problemas..."

"Você sabe onde está o Avelino Glam?"

"Claro que não. Mas o que vai adiantar encontrá-lo? Você vai matar o homem e acabar numa unidade Carandiru, Wagner. O que você precisa é de um bom despachante."

Os despachantes eram famosos em São Paulo mesmo antes das cidades-cubo existirem. Eles driblavam a burocracia, resolviam encrencas judiciais, tiravam cópias de documentos e limpavam os nomes dos clientes com a Receita Federal. Depois

83

da criação das cidades-cubo, os despachantes ganharam maior importância ainda. Só eles podiam recuperar o crédito perdido e dar uma nova vida ao consumidor inadimplente.

O estilista continuou:

"Que pena que você não tem crédito, Wagner. A Shirley Shana resolveria sua vida rapidinho."

"Quem?"

"Shirley Shana! Nossa, você não conhece nada mesmo! Shirley Shana é a melhor despachante de Shopping City 22. Poderosíssima! Conhece todo mundo. Muito amiga minha."

Por um minuto, Krupa conseguiu vislumbrar a saída do abismo. Era isso. Tudo o que ele precisava era de um despachante!

"E como eu acho essa mulher?"

"Ah, esquece, Wagner. Você não tem crédito. Ela não vai nem te olhar na cara..."

"Alexei..."

"Fui estilista dela. Mulher chique, fina. Shirley não vai te atender."

Krupa resolveu apelar.

"Escuta, Alexei, eu tenho alguns milhares de yuans para recuperar. Eu posso te ajudar a sair desse buraco."

O estilista olhou para o teto, como se pensasse. Então disse:

"Me dá 30% de tudo o que você conseguir de volta?"

"Ah, para com isso! Você quer me esfolar, Alexei?! Te dou 5% e olhe lá!"

"Ah, Wagner, então você vai ter que se virar. Eu não vou entrar nessa se não valer muito a pena. Os xiitas querem sua cabeça! O comitê dos consumidores quer te expulsar da cidade! A Receita quer o seu sangue! O Leopoldo quer te entregar pro califado! Eu também quero recuperar o meu crédito, sabia? É 25% ou nada."

"10!"

"15! E eu te levo lá agora!"

"11%!"

"Então tá, fechado." Alexei Prado sorriu, bateu na perna de Krupa e disse: "Espere um minutinho que eu vou me arrumar."

"Você conhece mesmo essa tal de Shirley Shana?"

"Juro pela santa mãe do camarada Stálin!", respondeu o estilista. Ele também tinha sido teomarxista no passado.

17 — A DESPACHANTE

Shirley Shana, a despachante, morava na Avenida Sebastião Salgado, no piso 37, um dos endereços mais luxuosos de Shopping City 22. Wagner Krupa notou que árvores e plantas verdadeiras enchiam o canteiro central da rua e também as calçadas. Nada daquelas flores de plástico com cores berrantes que eram muito comuns nos pisos inferiores. Aquilo, sim, era um lugar decente para se viver.

Havia poucas pessoas no lugar, já que a avenida era uma zona residencial. As lojas ficavam todas nas alamedas laterais. O crítico e o estilista caminharam pelo passeio de mármore falso até chegarem a uma elegante porta neoclássica com frisos em dourado.

No centro da porta tinha um interfone também dourado. Alexei apertou a campainha, mas ninguém respondeu.

"Shirleeeeey, sou eu, querida, Alexei...", ele gritou para a porta. Nada. Alexei gritou de novo. E de novo. Só parou de gritar, quando um vizinho abriu a porta ao lado e ameaçou soltar um pitbull geneticamente alterado em cima dele.

"Acho que ela saiu, Wagner. Vamos esperar", disse o estilista para Krupa.

Os dois se acomodaram na calçada, ao lado de uma lata dourada de reciclagem. Cansado, suado e com fome, o crítico de arte recostou-se perto da porta da despachante e se cobriu com uma embalagem plástica que alguém havia deixado no lixo. Alexei gastou alguns minutos olhando as árvores e apalpando as flores naturais, mas acabou deitando na calçada também.

Wagner Krupa sonhou que estava numa orgia com várias cyber putas, todas lindas, nuas e com muitos orifícios extras. De repente, alguém apontou uma luz forte em sua direção, fazendo as cyber vadias se dissolverem numa luz branca leitosa. Então ele sentiu o cheiro inconfundível de metano e percebeu que aquilo não era sonho, eram os faróis de um triciclo que estacionava na avenida.

"Que nojo... mendigos!", ele ouviu uma voz feminina gritar. "Chame um vigia, rápido!"

"Já estou holofonando", uma voz masculina respondeu.

O crítico abriu os olhos e viu duas deliciosas pernas torneadas. As pernas saíam de um vestido vermelho curto que mais parecia uma segunda pele. E era mesmo. Tecidos aderentes em spray eram a última moda em Shopping City 22. Dentro do vestido estava uma loira alta de cabelos lisos longos e olhos verdes. Seios incríveis.

"Shirley, sou eu, querida! O Alexei!", gritou o estilista para a mulher. Ele também havia acordado com o barulho.

"Alexei?", respondeu ela, olhando para o estilista, que começava a se levantar. "Eu já disse pra você não vir aqui. Eu não tenho como te ajudar."

"Não sou eu dessa vez, Shirley. É ele. Wagner Krupa, o crítico", respondeu Alexei apontando para Krupa.

O crítico de arte já estava de pé, observando gulosamente as curvas da despachante. Provavelmente ela havia sido inteira reconstruída com silicone, mas quem se importava?

Um homem musculoso, de cabelos vermelhos arrepiados, estava parado junto ao triciclo com um holofone na mão. Ele olhava a cena sem entender nada.

"Amor, quer que eu arrebente os mendigos?", perguntou ele. Krupa reconheceu a voz masculina que ouvira antes.

"Não, querido, pode deixar", respondeu Shirley. "Você não pode trazer seus amigos aqui, Alexei, eu já disse!"

"Ele é o cara dos quadros franceses, Shirley! Os quadros que foram vendidos por cem milhões de dinheiro chinês!"

87

"Cinquenta...", corrigiu Krupa.

A loira voltou-se para Krupa. Mediu o crítico de cima a baixo, ou melhor, de baixo para cima, e disse:

"O califado de Paris está oferecendo dois milhões de euros por você."

"Eu já sei."

Sem saber o que fazer, o sujeito musculoso de cabelos vermelhos perguntou:

"Amor, chamo um vigia ou arregaço os dois?"

"Não, querido, deixa isso comigo", respondeu Shirley. "Olha, é melhor você ir pra casa, tá? Amanhã eu te ligo."

O rapaz ficou inconformado.

"Mas eu não vou subir? Você disse que eu ia subir. Eu queria subir."

"Amanhã, querido. Prometo."

A despachante deu um beijo demorado nos lábios do sujeito que, ainda sem saber direito o que fazer, entrou relutante no triciclo e, depois de alguns segundos, se afastou.

Quando o carro dobrou a esquina, Shirley Shana olhou para Krupa e disse:

"Achei que você estivesse vivendo em Havana, Caracas, um paraíso fiscal desses..."

"O dinheiro não está comigo..."

A loira não conseguia tirar os olhos dele. Krupa retribuía a gentileza olhando fixamente os peitos dela.

"E onde está o dinheiro?"

"Sei lá. É por isso que eu preciso de um despachante."

Alexei se aproximou:

"Você precisa recuperar o crédito dele, Shirley. E depois o meu."

A loira ignorou o estilista.

"Minha taxa é de 20% sobre o valor bruto do que eu recuperar, sem impostos. Tem também um adicional de 5 mil guarujás para limpar seu nome na Receita e recuperar seu crédito."

"Vinte por cento?! Mas isso é um absurdo!", disse Krupa.

"Então volta a dormir na rua", respondeu a loira, enquanto abria a porta do apartamento.

Krupa balançou a cabeça, resignado. Não havia nada a fazer. Aquela era sua melhor chance de sair do buraco.

"Fechado", ele disse. "Posso subir?"

"Claro que não", respondeu a loira, com um sorriso de dentes perfeitamente alinhados. "Essa é minha casa, meu escritório fica no piso 8, Alameda Carmen Miranda. Passa lá amanhã no horário comercial."

O crítico ficou olhando para a mulher com cara de peixe morto.

"Além disso, você está fedendo", acrescentou Shana.

Alexei se aproximou e disse:

"Foi um prazer revê-la, Shirley. Você continua linda e poderosa!"

A loira nem respondeu, só entrou e fechou a porta. O estilista e o crítico ficaram sozinhos na avenida vazia.

18 — IMPORTAÇÃO E EXPORTAÇÃO

Wagner Krupa não voltou para a comunidade. Tinha medo de encontrar Leopoldo com algum jihadista invocado e louco para glorificar Alá. Ele se despediu de Alexei e decidiu ficar andando pela cidade-cubo.

"Você não vai se esquecer de mim, vai?", perguntou o estilista.

"Claro que não, Alexei, nós temos um trato."

O lado bom de se viver numa shopping city é que tem sempre alguma coisa pra fazer. Nada fecha. Nunca. Krupa ficou olhando vitrines até não aguentar mais. Então se recostou num banco e tentou dormir. Mas não conseguiu. Toda hora o crítico acordava para verificar se não tinha algum guarda da shopping city por perto. Sem ter nada melhor a fazer, ele desceu até o piso 8, foi até a Alameda Carmen Miranda e se sentou debaixo da placa em neon azul onde se lia: "Shirley Shana — Despachante". Se um guarda aparecesse, ele podia argumentar que era um cliente esperando a porcaria do escritório abrir.

Quando finalmente conseguiu pegar no sono, Krupa sentiu alguma coisa dura cutucando sua costela. Ele abriu os olhos e deu de cara com Shirley Shana. A loira agora usava um macacão justo e com buracos circulares em lugares estratégicos, revelando uma pele bronzeada e aveludada.

"Bom dia", ela disse.

90

O crítico ficou de pé, enquanto ela abria a porta do escritório. Era uma sala pequena, com apenas um sofá, um neurocomputador de mesa, uma minigeladeira e algumas cadeiras.

Shirley Shana ligou o neurocomputador e disse:

"Puxa uma cadeira e senta bem longe de mim. Você continua fedendo."

"A culpa não é minha", respondeu Krupa, sentando-se. "Estou vivendo como mendigo desde que aquela baleia sebenta do Avelino Glam fodeu com a minha vida. Eu tenho que achar o desgraçado e resolver essa merda..."

"Isso é fácil", respondeu Shirley. "O corpo dele foi encontrado nas garagens hoje cedo. Estava na vaga 5J do setor laranja. Parece que ele estava morto fazia uma semana. Isso complica um pouco o seu caso, pra ser bem sincera..."

"Ele morreu?!", espantou-se o crítico.

"Infecção generalizada com nanobôs."

"Nanobôs...", murmurou o crítico.

E então a coisa toda fez sentido.

Ele não conseguia ver todas as conexões claramente nem entender direito o que de fato havia acontecido, mas tinha certeza de uma coisa: Rodney Ramos estava envolvido! O pseudoartista roboticista filisteu filho da puta estava envolvido! Onde tinha nanobôs tinha Rodney Ramos! Claro! Isso explicava tudo. Ele pulou da cadeira e se aproximou da mesa da despachante.

"Shirley, você tem como verificar..."

"Fica longe!", respondeu a loira apertando o nariz com o polegar e o indicador direitos. Krupa voltou para a cadeira. "Verificar o quê?"

"Verificar quem trouxe os quadros para a Federação Legalista Brasileira! Como eles entraram aqui?"

"Escuta, eu sou uma despachante. Tudo o que eu posso fazer é descobrir quem creditou os yuans para você e depois transferiu."

"Mas você não entende? Se o Rodney Ramos foi quem importou os quadros, tudo está resolvido. O filho da puta usou o Avelino pra me foder a vida e depois matou o cara, porra! Foi isso! Só pode ser isso! O Rodney Ramos era o verdadeiro dono dos quadros!"

"Eu não estou entendendo mais nada", confessou a despachante.

"O monte de banha não foi infectado com nanobôs?! Essa é a pista, mulher!"

Foi preciso que Krupa explicasse toda a história de Rodney Ramos para que Shirley finalmente se convencesse a fazer algumas checagens.

"OK, me espere aí na calçada em frente, enquanto eu verifico isso. Você está fedendo muito."

Quase uma hora depois, a loira abriu a porta e pediu que o crítico entrasse.

"Sua pista está completamente furada", ela disse. "Esses quadros nunca entraram no país. Nenhuma alfândega registra a entrada das peças."

"Mas isso é óbvio, porra! Precisa de tanto tempo pra descobrir isso, caralho? Eles entraram ilegalmente! Tudo entra nesse país ilegalmente!", gritou Krupa.

"Você me acha estúpida só porque eu sou gostosa?", perguntou Shirley, com as mãos na cintura. Ela já tinha percebido que o crítico não tirava os olhos das curvas dela. Wagner Krupa achou melhor não responder. Ela continuou: "Os quadros não entraram legalmente, nem ilegalmente. Já verifiquei. E tem mais uma coisa: eles também nunca entraram em Shopping City 22. Eu conheço todas as transportadoras dessa cidade. Só consegui descobrir que as peças foram despachadas para Buenos Aires um dia depois do leilão. Mas ninguém colocou os quadros pra dentro.

"Mas... eles têm que ter entrado..."

"Olha, seu caso é muito complicado. Eu verifiquei quem creditou o dinheiro na sua conta. Foi o próprio Avelino. E a transferência aconteceu poucas horas depois. Só você podia transferir uma quantia dessas. Então, das duas uma, ou você é louco ou é esperto demais. Em nenhuma das duas situações eu ganho dinheiro. Não vai dar pra pegar esse serviço, não..."

"Mas a gente só precisa descobrir onde está o pulha do Rodney Ramos! O dinheiro está com ele! Tenho certeza!"

Shirley Shana batucou alguma coisa no teclado do neurocomputador.

"O ateliê dele fica no piso 17", ela disse. "Mas não tem nada que ligue esse sujeito ao seu caso. Qualquer um pode se infectar com nanobôs hoje em dia!"

"Eu tenho certeza que ele está envolvido! O dinheiro está com ele! Sempre foi ele, esse tempo todo! Ele e o rolha de poço!"

"Olha, se isso for verdade, é melhor deixar com os guardas da Shopping City!"

"Não adianta! O cara planejou tudo! Eu tenho que encontrar esse filho da puta e fazer ele confessar tudo!"

A despachante suspirou.

"OK, eu vou até lá com você. Quero ver onde isso vai dar. Mas você vai a pé. Você não vai empestear meu carro com esse cheiro!"

"Fechado! Fechado! Mas antes tem uma coisa que eu preciso fazer! Preciso holofonar pra APCA!"

19 — VIDA DE CRÍTICO É DIFÍCIL

A APCA não quis atender Wagner Krupa. O crítico não tinha mais crédito, logo não podia solicitar apoio logístico dos agentes da associação. Só quando seu status de consumidor fosse plenamente restaurado ele poderia gozar dos privilégios oferecidos: assistência médica e jurídica, vigilância a artistas vingativos, descontos em crediários e ingressos grátis para shows. Sem crédito, nada feito. Seu título de sócio estava temporariamente anulado.

Quando viu que não conseguiria nada, Krupa perguntou onde podia adquirir um emissor de pulsos eletromagnéticos igual ao que fora utilizado para nocautear os nanobôs de Rodney Ramos, lá no começo da história.

Foi informado que esses aparelhos eram de uso exclusivo das forças armadas ou então de agentes civis credenciados e bem treinados. Quando mal utilizado, um pulso eletromagnético podia causar pane geral em neurocomputadores, desligar redes elétricas, provocar convulsões em cyber putas, derreter eletrodomésticos e paralisar próteses penianas.

Ele já não sabia mais o que dizer ao holofone, quando Shirley Shana, talvez para se livrar do odor nauseante que se desprendia dele, enfiou a mão na sua bolsa Louis Vuitton, feita com couro de lontra clonada, e tirou um aparelho pequeno, em forma de caneta, com uma luz vermelha em uma das pontas.

"É disso que você precisa?"

"Você tem um emissor de pulsos eletromagnéticos! Por que não me falou?"

"Porque essa é uma arma ilegal contrabandeada! Não posso dizer pra todo mundo que eu tenho uma! OK, vai andando. Te encontro no ateliê do tal artista daqui a uma hora."

Krupa abriu a porta para sair do escritório, mas então se lembrou de perguntar:

"E por que você tem um desses?"

"Eu sou despachante, né? Nunca sei quando vou precisar queimar a memória de um neurocomputador para proteger um cliente."

20 — ARTE CINÉTICA

O ateliê de Rodney Ramos ficava na Alameda Karel Capek, entre uma loja de lingeries de tecido fotossensível e uma padaria. Krupa chegou até lá e não viu nem sinal de Shirley Shana.

"Vagabunda!", murmurou. Ele tinha vindo a pé, por escadas e esteiras rolantes. Ela tinha um triciclo. Por que ainda não havia chegado? O crítico pensou em fumar um cigarro, mas ele não tinha cigarro e nem crédito blá blá blá...

Então um triciclo prateado dobrou a esquina e estacionou na calçada. O teto deslizou e Shirley saltou do veículo. Ela usava um macacão preto mais justo que a ira de Alá, o Misericordioso.

"Não acredito. Você foi trocar de roupa?"

"Você não achou que eu ia usar um macacão Vivienne Eastwood para mexer com nanobôs, não é? Ei, olha, lingeries fotossensíveis. Elas são ótimas para ambientes mal iluminados..."

"Você não vai olhar vitrine agora, vai?"

Shirley Shana fez cara de irritada.

"Não, não vou. Vamos resolver isso. Aperta a campainha."

Ninguém atendeu.

"Você tem certeza de que ele está aqui?", perguntou Krupa.

"É o ateliê dele. OK, fique de olho. Eu vou abrir a porta."

A despachante mergulhou a mão na Louis Vuitton e tirou de lá um cartão-gazua preto reluzente.

"O que é isso?", perguntou o crítico.

"Uma espécie de chave universal. Eu sou despachante, lembra?"

Shirley introduziu o cartão na fechadura, e a porta abriu com um clic abafado.

"Rápido. Vamos ver se encontramos esse tal de Rodney!", ela disse.

Os dois se esgueiraram para dentro do ateliê. Não era muito espaçoso. Era apenas um bloco quadrado de concreto, como a maioria dos cubículos da cidade-cubo. Havia um cheiro de coisa podre no ar. As luzes estavam apagadas, mas uma luminescência verde tomava conta de tudo: paredes, chão, teto, móveis, tudo.

Shirley foi a primeira a notar uma forma humana no fundo da sala. A figura estava sentada, imóvel, com a cabeça curvada para trás, como se olhasse o teto. E brilhava no escuro. Uma luz verde igual à que tomava conta do ambiente, só que mais compacta, envolvia completamente a figura.

"Rodney Ramos!", gritou Krupa. "Eu sei que foi você que armou pra mim, seu artistazinho filho da puta! Pseudovanguardista embusteiro de merda!"

"Precisa falar assim?", perguntou Shirley Shana.

"Foda-se! Ele é um picareta escroto mesmo!", respondeu o crítico de arte.

A criatura verde moveu lentamente a cabeça e encarou o casal.

"Wagner Krupa!", uma voz mecânica respondeu. "O que um crítico pequeno-burguês reacionário e ignorante como você faz num lugar como esse?"

97

"Eu descobri tudo!", disse Krupa. "Foi você que armou pra mim! Você e aquele mastodonte traiçoeiro! Foi você quem trouxe os quadros pra cá, seu merda!"

Rodney Ramos ficou de pé de um jeito desengonçado, como se fosse uma marionete movida por cordões invisíveis.

"Engano seu, Krupa!", disse o artista. "Eu jamais ajudaria a salvar aquelas pinturas. Os xiitas estão certos: a porcaria só é boa para fazer fogo!"

Rodney foi se aproximando em passos trôpegos. Shirley percebeu que ele era inteiro verde. Pele, cabelo, roupa. Uma fina poeira verde fluorescente dançava em volta dele. Só os olhos eram de um amarelo doentio, quase como dois faróis inexpressivos.

"Eu fiz os quadros, Krupa! Você sabe, os nanobôs são capazes de tudo. Até mesmo de falsificar pigmentos e tomar a forma de telas envelhecidas! A excrescência pseudovanguardista, como diz você, é capaz até de simular a grande arte que você tanto aprecia! Você é um crítico incapaz de distinguir entre uma obra verdadeira e uma cópia robótica, seu filisteu!"

Rodney Ramos deu mais dois passos em direção a eles.

"Vamos sair daqui, Wagner!", disse Shirley Shana.

"Mas... e os certificados..."

"Nós podemos copiar padrões de desenho, Krupa. Assinatura também é desenho."

"Wagner...", murmurou a despachante.

O artista deu mais um passo e ficou de frente para eles, completamente imóvel, os dois braços soltos, o pescoço levemente torcido para a esquerda. A poeira verde flutuava em torno dele como um daqueles halos das pinturas de santos renascentistas.

Krupa finalmente percebeu que a coisa não era muito normal.

"Você está infectado por nanobôs", disse o crítico, com cara de nojo.

"Infectado? Você é mesmo patético. Eu e os nanobôs formamos uma relação simbiótica. Eu os incorporei ao meu organismo para realizar melhor o meu trabalho artístico! Nós somos o futuro! O futuro da arte! O futuro do mundo!"

O crítico sorriu levemente e balançou a cabeça. Mais um artista fracassado com mania de grandeza.

"Foda-se o futuro! Onde está o meu dinheiro?"

"Ah...", disse o artista verde. "Sempre um mercantilista a serviço do establishment reacionário, não é, Krupa? O mundo não precisa de um porco como você!"

O halo de poeira verde desprendeu-se de Rodney Ramos e envolveu Krupa e Shana. Eles sentiram o ar sumindo dos pulmões, os olhos arderem e a pele ficando ressecada e quente, enquanto a infecção nanobótica tomava conta dos seus corpos.

Parecia o fim.

Desesperada, Shirley Shana acionou o pulso eletromagnético. A luz vermelha brilhou na ponta do objeto e eles ouviram um zumbido agudo e rápido. E então o ar começou a voltar aos pulmões dela e do crítico.

Krupa aspirou com desespero. Sentiu o coração pulando no peito e a pele coçando e ardendo, como se ele tivesse ficado tempo demais numa máquina de bronzeamento.

Só então percebeu o que sobrara de Rodney Ramos. O artista roboticista estava caído no chão como se fosse um boneco quebrado e retorcido. Uma das pernas tinha se virado para a frente até encostar no peito do artista. Os braços formavam ângulos bizarros, como se os cotovelos dobrassem para o lado errado. A poeira verde que tomava conta de tudo tinha desaparecido completamente, como se nunca tivesse existido.

"O que você fez?", ele perguntou para Shirley.

"Usei o pulso eletromagnético. O que mais?"

"Eu já vi essa coisa funcionando. Não é assim."

"Esse é um modelo de combate fabricado pela Detroit Siberiana. É o mesmo que usaram na guerra com os cyber terroristas kosovares."

"Isso é ilegal, mulher!"

"Já te falei: eu sou despachante!"

21 — DEUS EX MACHINA

O dinheiro estava pulverizado em vários paraísos fiscais. Nanobôs também podiam falsificar registros bancários, além de assinaturas e obras de arte. Mas todas as contas estavam no nome de Rodney Ramos. Shirley Shana nem precisou usar seu talento como despachante para recuperar boa parte dos yuans.

O problema é que a Receita Federal acabou ficando com todo o dinheiro. Os quadros nunca haviam entrado no país e, pior, tinham sido usados numa tentativa de evasão de divisas, e isso era passível de multa.

Wagner Krupa conseguiu pelo menos recuperar o crédito e voltou a ser um consumidor, com a condição de jamais revelar que as obras eram falsificações. A Federação Legalista Brasileira não queria ver milhões de yuans voando de volta para a República Anarcoliberal do Rio da Prata.

O crítico retomou seu programa no ArTV Channel e, alguns meses depois, conseguiu até pagar a conta do Cyber Havana Social Club.

Alexei Prado continuou vivendo com os sem-crédito, mas, de vez em quando, aparece para pedir que Krupa o apresente aos executivos do ArTV Channel. Ele quer fazer um programa sobre moda e estilo. Krupa prometeu que qualquer dia desses fala com um dos executivos do canal.

O crítico de arte também preparou uma petição ao Califado de Paris solicitando que a sua fatwa fosse anulada, mas nem chegou a dar entrada na papelada. A França explodiu em guerra civil quando uma frente de neojacobinos apareceu em Lyon disposta a restaurar a democracia burguesa. Apoiados por tropas da OTAN, do Império Pan-Eslavo e até da Igreja Católica Apostólica Romana, os jacobinos mantêm Paris sob intenso bombardeio, e o califa xiita deve cair em breve.

Shirley Shana nunca recebeu nenhum dinheiro de Krupa pelos serviços prestados, mas conseguiu extorquir alguns milhares de guarujás da Receita Federal para manter a história dos quadros em segredo. Rodney Ramos sobreviveu, mas permanece em coma. A eliminação dos nanobôs afetou o córtex cerebral e as faculdades motoras do artista. Os danos parecem irreversíveis.

Dois meses depois de tudo ter acabado bem, Wagner Krupa convidou Shirley Shana para um jantar no La Molécula del Toro, um dos mais sofisticados restaurantes espanhóis de Shopping City 22, localizado no último andar da cidade-cubo.

Shirley pediu uma paella minimalista desconstruída. Krupa foi de foie gras adocicado recomposto. A vista do restaurante era magnífica. Pelas grossas paredes de acrílico era possível ver boa parte de São Paulo. As explosões de bombas incendiárias e o constante tiroteio de morteiros tornavam qualquer jantar inesquecível.

"Deus ex machina", disse Krupa, entre uma garfada e outra.

"Quê?", perguntou a loira.

"É uma expressão do teatro grego. Quando um autor não sabia como resolver uma trama, ele pendurava um ator numa geringonça, dizia que aquele era Zeus e terminava a história de qualquer jeito. Essa coisa toda com o Rodney Ramos e o gordo seboso me fez pensar nisso. Nada faz sentido."

"Ah, Wagner, a vida é assim mesmo. Não precisa ter sentido, as coisas vão acontecendo", respondeu Shirley Shana.

Ela usava um minivestido de plástico transparente e lingeries fotossintéticas que se adaptavam à iluminação do ambiente. Seu sutiã rendado era de um roxo reluzente naquele instante. Krupa não conseguia desviar os olhos.

"Pode ser", respondeu o crítico com uma taça de vinho lituano nas mãos, "mas eu não fiquei com nenhum mísero guarujá daquele dinheiro. E você, pelo que eu sei, conseguiu muito crédito da Receita. Isso parece justo pra você?"

"Ei!", protestou a despachante. "Você é um consumidor de novo porque eu mexi os pauzinhos. Além disso, eu salvei sua vida, tá lembrado?"

"Você salvou a sua própria vida, Shirley. Eu só estava perto na hora."

"Eu estava lá por sua causa! E você nunca me pagou pelos meus serviços!"

"E eu não recebi dinheiro algum, mulher! E tem mais: você é quem vai pagar essa conta. Eu não tenho crédito suficiente para jantar aqui."

"Foi você quem me convidou!"

"Não importa!"

Shirley engoliu um dos cubos coloridos da paella minimalista.

"Sabe, Wagner, até que você é um homem interessante quando não está fedendo feito um mutante sem-teto", ela disse.

"Não mude de assunto. Eu ainda quero saber como é que você vai me pagar, Shana!"

"Você é quem me deve, desaforado!"

Lá fora, um edifício explodiu numa bola de chamas vermelhas. A noite estava mesmo irresistível.

22 — EPÍLOGO

O empresário Lázaro Cortázar não se cansava de observar as pinturas. Os tons sóbrios e revolucionários de Delacroix contrastavam e complementavam o erotismo rococó de Boucher. Cortázar se serviu de uma dose de scotch e foi até a varanda respirar o ar fresco da noite. Ele não viu quando os dois quadros se dissolveram numa densa poeira esverdeada e flutuaram em sua direção. Sentiu apenas o sufocamento e a pele queimando. Então o coração explodiu e ele não sentiu mais nada.

A poeira verde se reagrupou e saiu flutuando pela noite de Buenos Aires.

SOBRE LINHAS TORTAS

"Uma verdadeira obra de arte nada mais é que a sombra da perfeição divina."
(*Michelangelo Buonarroti, pintor e escultor italiano, 1475-1564*)

I — ANUNCIAÇÃO

Quando a imagem de São Ariano apareceu, o crítico de arte Wagner Krupa ficou sem saber o que fazer. Sair correndo? Ajoelhar e rezar? Pedir perdão por seus pecados? Ou perguntar por que aquela merda de santo estava flutuando no meio da sua sala?

O crítico de arte odiava os malditos holofones. Especialmente quando invadiam o seu domingo com imagens cheias de estática.

"Wagner Krupa?", perguntou o santo de batina verde-abacate.

"Sou eu", respondeu Krupa irritado por ter de interromper sua leitura sobre a influência do surrealismo na islamização da França (Edições Père Ubu, 220 págs.).

"É um prazer conhecê-lo, senhor Krupa. Meu nome é São Ariano, o Ressurreto, e sou cardeal arcebispo da Igreja Católica Apostólica Romana."

São Ariano tinha mais ou menos uns 50 anos. Era alto e loiro, com o cabelo começando a escassear. Ele tinha uma voz grave, quase rouca. Krupa não entendia picas de religião, mas tinha lido numa revista de moda que a batina verde horrenda era usada apenas pelo alto escalão eclesiástico. A coisa parecia promissora.

"Li com prazer a sua obra sobre a persistência da arte sacra nas sociedades materialistas do século 20", prosseguiu o bispo holográfico. "Um ponto de vista leigo, porém muito interessante..."

"Obrigado, eminência. Mas o que..."

"Não, não, sem formalidades. Pode me chamar de São Ariano. Ou de santo. É como todos me chamam. Ainda sou cardeal, é verdade, mas a Congregação para a Doutrina da Fé deve me canonizar em breve."

Wagner Krupa ficou mais intrigado.

"Mas... o que posso fazer pelo senhor... santo?"

"Bem, senhor Krupa, eu preciso de uma consultoria a respeito de uma obra de arte."

Consultoria! Essas merdas sempre davam um bom dinheiro, pensou Wagner Krupa. Muito mais do que o exercício da crítica. Se fosse uma operação de compra e venda, ele poderia até negociar uma pequena comissão. Krupa estava precisando desesperadamente de créditos depois que resolvera lotar a adega de vinhos franceses do século 20. Mas o importante agora era valorizar a contratação. Nunca demonstrar desespero. Nunca.

"Consultoria... bem, santi... santo... isso não é exatamente minha especialidade... Claro que, se for alguma coisa relacionada a compra e venda, talvez eu possa verificar minha agenda..."

"Eu entendo, senhor Krupa", respondeu o santo. "Também sou um homem ocupado. Mas tenho uma certa urgência nessa consultoria, por isso estou disposto a pagar bem. Seis milhões de dólares americanos?"

Seis milhões! Krupa quase engasgou. Quase um milhão de yens! Quase um gilhão de guarujás! O dólar americano não valia nada desde a Grande Quebra de 2037, mas aquilo ainda era dinheiro suficiente para ficar um ano sem fazer nada. Muito cascalho para uma simples consultoria, pensou Krupa. Alguma coisa estava errada. Muito errada. Mas, por outro lado, o homem era um santo. Um santo, porra! Aquilo podia ser uma amostra do seu espírito magnânimo. Deus opera de maneiras misteriosas.

"Seis milhões? Olha, eminência... é... santidade..."

"São Ariano."

"São Ariano, eu... dólares americanos, não é? Bem... é claro que... quer dizer, talvez eu possa aceitar o trabalho, mas o que exatamente..."

"O senhor conhecerá os detalhes amanhã, senhor Krupa. Um dos meus anjos o trará até a minha catedral. Terei muito prazer em hospedá-lo durante a realização da consultoria. Deus o abençoe e lhe abra as portas do Paraíso Celestial."

O crítico de arte pensou: "Anjo? Como assim?", mas não teve tempo de perguntar mais nada. São Ariano fez um rápido sinal da cruz, virou estática e sumiu.

Seis milhões. Era só desmarcar a visita à exposição de Arte Imediata. Os imediartistas e o Movimento Entropista que se fodessem. Seis milhões! Seis milhões! Era ótimo trabalhar para o Vaticano.

2 — O ANJO DO SENHOR

E o anjo carregou Wagner Krupa por sobre as ruas esburacadas e os prédios semidestruídos de São Paulo.

Krupa, que raramente saía de Shopping City 22, ficou assustado com a cidade vista de cima. Barracos e mais barracos marrons se grudavam em prédios cinzentos. Veículos abandonados entupiam as ruas onde já não passava ninguém. Uma massa disforme composta de milhares de casas e prédios e pontes e muros e favelas e postes e carros ocupava ruas, praças, rios, tudo. Dava para ouvir, de longe, o continuado barulho de tiros de fuzil. Vários focos de incêndio pontuavam a paisagem. No meio da massa cinza subiam, impecáveis, os cubos brancos enormes e hermeticamente fechados das shopping cities.

"Fique tranquilo, meu filho. Ninguém se atreve a atacar um anjo de São Ariano", dissera padre Virgílio, o piloto, no heliporto da cidade-cubo. "A ira de Deus aniquilaria o agressor."

O anjo era um helicóptero militar Black Hawk equipado com metralhadoras siberianas, radar antimíssil e duas pequenas bombas biológicas.

Apesar de todo o arsenal intimidador, dois homens encapuzados de batina marrom dispararam contra o helicóptero quando a aeronave sobrevoou um edifício no antigo centro da cidade.

"Terroristas teomarxistas", explicou padre Virgílio. "Se eu tivesse mais tempo, despacharia os pecadores para o inferno, mas São Ariano nos espera."

De repente, abriu-se um clarão no meio da massa cinza e Krupa avistou a catedral em estilo gótico tardio. O prédio ficava no meio de uma área murada em forma de pentágono, protegida por cinco gigantescas torres de vigia.

"Bem-vindo à Catedral da Sé, meu filho", disse padre Virgílio, manobrando a aeronave para o pouso.

3 — SÃO ARIANO, O RESSURRETO

Verbete sobre São Ariano; *Enciclopédia dos Homens Santos do Terceiro Milênio do Ano da Graça de 2067* (Editora do Vaticano, 3.040 págs, também disponível em versão holodigital):

Antônio Ariano Agostinho nasceu em São Paulo, na então República Federativa do Brasil, em 2010.

Filho de católicos tradicionalistas, aos dez anos foi admitido no Mosteiro de São Francisco de Assis com o objetivo de ordenar-se padre.

Em 2031, com o agravamento da crise econômica no capitalismo ocidental, vários padres católicos, em especial os da ordem franciscana, decidiram ressuscitar os princípios da Teologia da Libertação, movimento católico de inspiração socialista do século 20. Os dissidentes chamaram a si mesmos de Sagrada Igreja Revolucionária do Marxismo Teocrático, vulgarmente conhecidos como "teomarxistas". Pão e justiça eram artigos raros naqueles dias infelizes, por isso muitos religiosos aliaram-se aos hereges. Entre eles, o jovem e inexperiente Antônio Ariano.

Em 2036, o Concílio de Lagos excomungou do seio da Santa Madre Igreja todos os marxistas teocráticos. Os hereges reagiram. Criaram "exércitos santificados" e declararam guerra ao Vaticano. Seu objetivo, diziam, era reconstruir o "paraíso terrestre" destruído pelo pecado original da avareza.

Muitas autoridades eclesiais foram assassinadas e centenas de igrejas foram destruídas por atentados a bomba. Os teomarxistas tentaram até mesmo a invasão armada da Cidade do Vaticano e só foram contidos graças ao apoio das forças armadas americanas, que, desde então, mantêm um contingente permanente no Estado pontifício.

Tudo o que restou ao Papa Leão XIV foi repetir o gesto de seu antecessor Urbano II e, 941 anos depois dele, convocar uma Cruzada para combater a heresia marxista. Para defender a Verdadeira Fé em Cristo, a Igreja Católica Apostólica Romana autorizou seus fiéis a organizar milícias sob o comando de religiosos. Os bispos e cardeais que escolhessem o Bom Combate seriam canonizados ainda em vida e aclamados Soldados sem Mácula e Defensores Perpétuos da Verdadeira Cruz.

Em 2041, o então bispo teomarxista Antônio Ariano Agostinho liderava um comando guerrilheiro de 5.000 homens no interior do estado de São Paulo. Ele se preparava para atacar as tropas de Dom Pedrinho de Orleans e Bragança, que lutava pela restauração do Império Luso-Brasileiro com o apoio da Santa Madre Igreja. Mas, na noite que antecederia a batalha, tudo mudou!

O Senhor, que tudo sabe e vê, iluminou Ariano. Quando se preparava para atacar as tropas de monarquistas e cruzados, Ariano Agostinho recebeu o chamado de Deus Nosso Senhor. O Anjo Gabriel desceu dos céus e conversou com ele durante três dias e três noites. Demonstrou os erros heréticos dos teomarxistas e as virtudes da Santa Madre Igreja. Mostrou os hereges ardendo no fogo do inferno e a recompensa destinada aos defensores da Verdadeira Cruz. Recompensas que viriam ainda em vida, pois o Senhor saberia cuidar dos seus com paz, amor e riqueza jamais vista.

Inspirado pelas santas palavras do anjo, Ariano renegou o teomarxismo, aliou-se aos cruzados e os conduziu em segredo até o acampamento dos ex-aliados. Surpreendidos durante o sono, os teomarxistas foram todos purificados com a morte redentora.

Ariano Agostinho foi ordenado cardeal em 2053. Hoje comanda a principal catedral da América Latina, situada em São Paulo, na Federação Legalista Brasileira. Há dois anos foi beatificado pelo Santo Padre Príncipe da Terra Leão XIV.

Ariano espera, agora, que a Congregação para a Doutrina da Fé aprove sua canonização para que ele possa usar a auréola holográfica santificada como São Ariano, o Ressurreto, aquele que renasceu das trevas da heresia para a glória do Senhor.

4 — A CASA DO SENHOR

O Black Hawk contornou as torres gêmeas da catedral e pousou em frente a elas. A igreja ficava no centro de uma praça.

Longos barracões de madeira aglomeravam-se do lado direito da construção, grudados à muralha protetora como trepadeiras.

Do alto dos muros, noviços de batinas pretas observavam o movimento no pátio interno. Todos eles portavam fuzis AK 47, provavelmente equipados com munição bioinfecciosa. O crítico de arte desceu do anjo e deu de cara com um homem de batina amarela, cabelos brancos e cara muito enrugada.

"Senhor Krupa?", gritou ele, para ser ouvido debaixo das pás do helicóptero.

"Wagner Krupa...", respondeu o crítico, estendendo a mão.

O homem de batina amarela não retribuiu o gesto. Meio sem jeito, Krupa recolheu a mão.

"Sou bispo Torquato, secretário particular de São Ariano. Fez boa viagem?"

"Fiz, obrigado", respondeu Krupa.

"Por favor, me siga...", disse o religioso.

Eles atravessaram o pátio e contornaram a catedral gótica, que estava com as portas fechadas. Atrás da igreja havia vários prédios, de tamanhos diversos. Entraram em um deles, subiram escadas, atravessaram salas escuras e percorreram corredores, até que bispo Torquato parou em frente a uma porta de madeira.

"Seu quarto, senhor Krupa. São Ariano jantará com o senhor após a missa das 19 horas. Caso o senhor precise de alguma coisa, por favor, não hesite em pedir pelo interfone."

O quarto era amplo e confortável. Krupa foi até a janela e ficou observando o movimento frenético no pátio da catedral. Um caminhão blindado estava estacionado, e os noviços começavam a descarregá-lo. Um deles abriu uma das caixas e tirou um AK. Experimentou o peso, a mira e fez um sinal de cabeça para que o trabalho de descarregamento prosseguisse.

5 — AS BOAS AÇÕES

Às oito horas, bispo Torquato veio buscar Krupa. O crítico de arte estava revigorado. Havia passado horas imerso numa banheira, devorando frutas frescas, um artigo raro e caro em Shopping City 22. Nada como trabalhar para clientes milionários, pensou Krupa. A questão agora era descobrir o que o tal santo queria com ele.

Bispo Torquato conduziu o crítico de arte até outro prédio também localizado nos fundos da igreja. Depois o levou até um escritório amplo, decorado com telas gigantescas em estilo neorrenascentista que mostravam a vida de Cristo. O nascimento, a multiplicação dos peixes, a luta na arena contra Barrabás, a crucificação e a ressurreição. No fundo do aposento, um homem estava sentado numa mesa grande e escura, de costas para a porta de entrada. Diante dele havia uma tela que projetava imagens holográficas de gráficos multicoloridos.

Krupa percebeu que aquele era o santo em pessoa. Ombros largos. Cabelos louros, começando a rarear no alto da cabeça.

"Venda tudo, Gregório. Tudo", dizia o religioso. "A cotação de células-tronco continua caindo. Invista tudo em combustível orgânico. Eu sei, Gregório, eu sei. Também tenho minhas fontes. Deus te abençoe. Amém, amém."

A tela se apagou e São Ariano se levantou, virando-se na direção de Krupa. Ele vestia uma batina verde, coberta por um manto branco com uma imensa cruz dourada na parte da frente.

"Wagner Krupa!", disse ele, sorrindo, com a mão estendida. "É uma honra recebê-lo em minha humilde casa."

Krupa ficou sem saber se apertava ou beijava a mão do santo. Preferiu apertar. São Ariano pareceu surpreso, mas logo o sorriso voltou. Dentes branquíssimos.

"Sente-se, por favor", disse ele, indicando um sofá. "O jantar já será servido. Fez boa viagem?"

"Uns homens nos atacaram, mas nada sério..."

"Teomarxistas! Esses hereges estão cada dia piores, meu caro Krupa. Mas a espada inclemente de Deus, Nosso Senhor, cairá sobre eles em breve. Bebe alguma coisa?"

Beberam um primitivo italiano. Falaram do clima e das tendências artísticas. Alguns minutos depois, bispo Torquato veio avisar que o jantar estava pronto. Krupa seguiu o santo até um salão espaçoso, onde uma longa mesa de acrílico estava posta para 20 pessoas. Vários religiosos aguardavam de pé a chegada do santo.

"Faço questão que todos os padres e bispos comam comigo", explicou São Ariano.

O santo fez uma oração breve, e os noviços começaram a servir.

6 — A SANTA CEIA

O primeiro prato era uma entrada fria de ostras cruas e caviar sobre um leito de endívias.

"Espero que aprecie nossa comida, meu caro Krupa. Esse caviar vem do Mar Cáspio. Não é produzido por bioengenharia. É legítimo."

"Delicioso, eminên... São Ariano. Mas estou curioso sobre qual será minha consultoria. O senhor se importaria de falarmos sobre isso?"

"Não, claro que não. É muito simples. Como eu disse a você, devo ser canonizado em breve, se esta for a vontade do Altíssimo. Esta cidade precisa de ordem, senhor Krupa. Ordem e fé. Não apenas a cidade, mas todo o país. Todo o continente. Essa é uma tarefa que só um santo pode realizar a contento. Não sei se o senhor conhece bem o processo de canonização..."

"Infelizmente não, santo", respondeu Krupa.

"A canonização é um processo lento, senhor Krupa. Como deve ser. Afinal, ela é reservada apenas àqueles que deram provas irrefutáveis da sua fé. Devem-se apresentar documentos textuais e audiovisuais comprovando milagres, entrevistar testemunhas... vou poupá-lo dos detalhes burocráticos. O fato é que o candidato é submetido a uma minuciosa investigação pela Congregação para a Doutrina da Fé. E só então, se tudo estiver em perfeita ordem, ele é ordenado santo."

Enquanto o santo falava, os noviços serviram o segundo prato. Confit de canard com figos frescos e arroz selvagem.

116

"Delicioso, São Ariano", aprovou Krupa.

"Obrigado, senhor Krupa. Os patos são criados aqui mesmo. Nada de hormônios ou alterações genéticas. Mas eu estava...?"

"No processo de canonização, santidade..."

"Sim... o processo é lento, porém necessário. Os santos são a autoridade máxima do catolicismo, como o senhor sabe. Eles são subordinados ao Santo Padre Leão XIV, é claro, mas nas suas ações quotidianas respondem apenas aos desígnios de Deus, Nosso Senhor, louvado seja."

Os bispos repetiram o "louvado seja" com a boca cheia de comida. O santo continuou:

"Sabe, Krupa, os hereges teomarxistas ganham adeptos a cada dia que passa. Os exércitos de Dom Pedro III estão praticamente aniquilados. E essa Federação Legalista não passa de uma piada. O país está nas mãos de narcotraficantes e terroristas. Isso tem que acabar! E só um santo pode cumprir os desígnios do Altíssimo, senhor Krupa! Isso tudo já foi longe demais. Longe demais!"

O pato estava ótimo, mas a conversa sobre a política católica romana não agradava muito ao crítico de arte. Sim, ele sabia que os santos eram o braço armado do Vaticano na Cruzada. Mas o que ele estava fazendo ali, afinal de contas?

Os noviços serviram um sorvete cítrico e, a seguir, um terceiro prato. Costeletas de carneiro cozidas com ervas, acompanhadas por batatas assadas. O santo prosseguiu:

"O problema, senhor Krupa, é que a Santa Madre Igreja é uma mãe e não uma madrasta. Existem entre nós aqueles que defendem o fim da guerra santa contra os hereges. Eles acham que é possível dialogar com os teomarxistas, em vez de mandá-los todos para as chamas do Inferno! São cegos, senhor Krupa, cegos! Eu já fui um herege e por isso sei o que digo! Esta é a batalha final contra o Anticristo. Nós estamos vivendo o apocalipse!"

O rosto de Ariano ficou vermelho, mas, tão rápido quanto havia surgido, sua fúria santa se dissipou. O rosto se acalmou e um sorriso se abriu.

"E é aí que você entra, senhor Krupa."

"Eu... perdão, santidade... mas eu não entendo."

"Eu explico. A Congregação para a Doutrina da Fé não é mais o que já foi no passado. Ela hoje está na mão desses bun... dos conciliadores. Vamos chamá-los assim. Eles desejam que a Igreja se volte apenas para a contemplação de Deus e abandone a Cruzada. Não compreendem o mundo atual, senhor Krupa. São retrógrados. Conservadores. Mas são eles que podem ou não aprovar a minha canonização. E, embora eu tenha boas relações com o Santo Padre Leão XIV, temo que ele não intervenha a meu favor. Ele não irá contra a Congregação."

Wagner Krupa mastigou um pedaço de carneiro. Ele não estava entendendo nada daquela merda.

"Perdão, São Ariano, mas eu continuo sem compreender..."

"É muito simples, muito simples. Um dos requisitos para se tornar santo é que o candidato dirija um contingente cruzado bem armado e treinado. Isso eu tenho. São quase vinte mil homens sob o meu comando, espalhados por toda a Federação

Legalista, pelo Império Luso-Brasileiro e até pela Nação Yano-mami. Mas também é preciso ter uma igreja impecável para honrar o nome do Senhor. Nossa catedral em estilo neogótico é um primor arquitetônico, como o senhor sabe. Mas... bem, cometemos um erro terrível. Bispo Torquato encomendou as novas pinturas do teto a um artista da escola neorrenascentista e o resultado não foi o que esperávamos."

Bispo Torquato, sentado à direita de Krupa, engoliu uma batata às pressas.

"Foi um engano lamentável, senhor Krupa", disse ele. "O rapaz me foi muito bem recomendado..."

"Ele é seu... sobrinho, Torquato! Assuma suas caga... seus erros!", interrompeu São Ariano.

Bispo Torquato assentiu com a cabeça e continuou:

"Apenas um primo distante, São Ariano... Seja como for, senhor Krupa, o fato é que a obra não ficou de nosso agrado e, por isso..."

"A pintura ficou uma porcaria", gritou São Ariano. "Uma abominação perante os olhos de Deus! Nós poderíamos remo-vê-la, mas isso seria dispendioso e levaria muito tempo. E os representantes da Congregação devem chegar aqui na sema-na que vem. Tudo tem de estar na mais perfeita ordem, pois qualquer coisa pode servir de pretexto para esses cães, senhor Krupa. Qualquer coisa. É aí que o senhor entra."

Wagner Krupa engoliu o último pedaço de carneiro. Ele percebeu que suava. Talvez fosse o tempero.

Bispo Torquato limpou o prato e continuou a explicação:

"Como o senhor sabe, senhor Krupa, o Vaticano atualmente é um tanto conservador em relação às artes. O santo teme... *Nós* tememos que a Congregação para a Doutrina da Fé não aprove o nosso templo."

Os noviços começaram a trazer frutas frescas e sorvetes. São Ariano dispensou a sobremesa e tirou um charuto de algum bolso oculto da batina.

"Vamos tomar um café no meu escritório, senhor Krupa. Me acompanhe, por favor. Torquato, você vem junto."

Eles voltaram à sala onde o crítico encontrara o santo. São Ariano sentou-se no sofá e acendeu o charuto.

"Eu não quero correr riscos, senhor Krupa. E é possível, apenas possível, é claro, que a Congregação considere a pintura da catedral um... bem, um sacrilégio. É tudo o que eles precisam!"

Wagner Krupa notou que suas mãos estavam terrivelmente úmidas e as esfregou na calça amarela (última moda em Havana). Tudo o que queria era sair dali e tomar um banho demorado. Bem demorado.

"Mas... santo... essa é uma questão religiosa... eu não sei..."

"Um parecer crítico", interrompeu bispo Torquato, "que ressalte as qualidades artísticas da obra pode fazer com que a Congregação mude de ideia."

São Ariano assoprou fumaça na direção de Krupa.

Bispo Torquato continuou:

"Seu trabalho sobre a arte sacra no século 20 é muito apreciado, senhor Krupa. Uma análise positiva sobre a obra nos seria de grande valia."

"Você é leigo, Krupa", disse São Ariano. "Não está envolvido na politicalha do Vaticano. Será mais difícil para a Congregação contestar seus argumentos. Se você diz que aquilo presta, aquilo presta, entende?"

O crítico esfregava as mãos desesperadamente, tentando se livrar da umidade suarenta.

"Mas... eu ainda não vi a obra, santo... Eu preciso analisar esses afrescos com calma..."

São Ariano sorriu e ordenou que um dos noviços lhe servisse uma dose de conhaque.

"O senhor poderá analisar a obra o tempo que for preciso até chegar a uma conclusão satisfatória. Será uma honra tê-lo como nosso hóspede", disse o santo.

"O senhor tem três dias", acrescentou bispo Torquato. "A Congregação estará aqui em uma semana. Seria bom que o senhor nos entregasse o relatório com antecedência."

Parecia que a água brotava das mãos de Wagner Krupa. Talvez fosse um milagre de São Ariano.

7 — A GRANDE OBRA

A igreja era úmida, fria e escura. Bispo Torquato apertou um interruptor e a luz se fez. Os candelabros se acenderam todos ao mesmo tempo, clareando o teto abobadado. E Wagner Krupa viu que aquilo não era nada bom.

Era horrível. Figuras disformes se enroscavam, se misturavam, se confundiam. Erros primários de perspectiva. Cores berrantes. Desenhos grotescos. Era como se Michelangelo e Francis Bacon tivessem reencarnado juntos num grafiteiro sem talento algum. Uma cagada. Não uma cagada qualquer, mas uma grande, indefensável, descomunal e completa cagada.

Em todos os seus anos como crítico de arte Wagner Krupa jamais vira coisa igual. Era mais medonho que uma bioescultura, mais bizarro que uma obra roboticista, mais nojento que uma instalação tecnorgânica.

"Putaquepariu!", disse Krupa.

"Perdão, senhor Krupa, mas estamos na casa do Senhor...", observou bispo Torquato.

"Ah, é... perdão, eminência... perdão... é que..."

"A obra é bastante original, não acha, senhor Krupa?"

"Original. Muito original. O que é aquele borrão com asas ali no meio, bispo?"

"Aquele borrão é uma representação alegórica do Espírito Santo, senhor Krupa. Qualquer um pode ver isso."

"Espírito Santo... Sei."

"Mas também pode ser o nascimento do Messias em Belém...", continuou o bispo. "Bem... o senhor entende mais de arte do que eu, que sou um simples homem de fé."

Uma serpente, uma corda ou uma fita dividia o teto da igreja em dois hemisférios desiguais. Do lado esquerdo, homens (cachorros? camelos?) amarelos cuspiam fogo (vômito?

bílis?) em direção a qualquer coisa com chifres. O demônio, quem sabe? Mas se a coisa era o demônio, por que a criatura com asas avançava contra os, os, os... sapos vermelhos? E aquela outra massa disforme com garras aproximando-se perigosamente do borrão amarelo, o que seria? A Besta? Nossa Senhora? São Pedro? Jesus Cristo!

Aquilo era a pior coisa que Wagner Krupa já havia visto em matéria de neorrenascentismo, em matéria de arte, em matéria de qualquer coisa. O crítico estava boquiaberto.

"Como é mesmo o nome do pintor?", perguntou Krupa.

"Luiz-Ernesto Quintana."

"Seu... sobrinho?"

"Filho de uma prima distante, na verdade", respondeu bispo Torquato. "Bem, vou deixá-lo à vontade para melhor apreciar a obra. Se precisar de alguma orientação teológica, é só me chamar pelo interfone."

Os passos do bispo ecoaram na catedral vazia até serem engolidos pelo silêncio. Por mais que tentasse, Wagner Krupa não conseguia desgrudar os olhos do teto.

8 — O VERBO

Wagner Krupa passou quase duas horas observando as pinturas. Então tirou o neurocomputador portátil do bolso e acionou o dispositivo de gravação. Foi assim:

"As cores gritantes e as formas propositalmente distorcidas e delirantes nos remetem a uma releitura gótico-abstrata que desconstrói as grandes obras da Renascença Italiana... não! Não! Ninguém vai engolir essa porra! Merda, apaga essa bosta!"

9 — MAIS VERBO

Segunda gravação de Wagner Krupa sobre a obra de Luiz-Ernesto Quintana:

"Quintana traça linhas tortas que unem o Surrealismo Arcaico Alegórico de Hieronimus Bosch ao Surrealismo Clássico do século 20 e nos conduz apressadamente às obras gótico-grotescas do neossurrealismo atual. A distorção e a falta de proporção das suas imagens buscam a urgência da fé... e não, cacete. Não é por aí. Apagar. Merda!"

10 — AINDA MAIS VERBO

Terceira gravação:

"...revolução na arte sacra. Assim como o Roboticismo e o Imediatismo, Quintana busca na Renascença os elementos básicos da sua obra para depois distorcê-los numa releitura pósmaterialista que amplia e exemplifica a ressurreição da fé católica no Ocidente. Seis milhões! Seis milhões! OK, OK. Apagar tudo depois de 'Ocidente'. Gravar. A divindade só pode ser representada abstratamente, adverte o filósofo reducionista Louis Aragón, pois o figurativismo é, em si, uma ofensa à Criação Divina. Resta a Quintana, portanto, subverter..."

11 — O ÚLTIMO VERBO

Final da gravação:
"...fé inspira este grande artista. 'Deus escreve certo por linhas tortas', diz a Bíblia. Quintana usa linhas tortas para representar Deus e Sua Criação. Nunca antes uma obra honrou com tamanha propriedade a Fé Católica e a soberania do Vaticano. Luiz-Ernesto Quintana é um marco revolucionário nas artes plásticas com o seu, hmm, merda, Sacrodistorcionismo Abstrato Neo-Surrealista! Wagner Krupa, crítico de arte. Apagar 'hmm, merda'."

12 — O PRÍNCIPE DA TERRA

Bispo Torquato ouviu atentamente a gravação de Wagner Krupa.

"Impressionante", disse o religioso. "O senhor sem dúvida é um grande crítico de arte para enxergar tantas virtudes numa obra que a maioria de nós considera apenas horrorosa e malfeita."

"Mas o grande artista é o seu sobrinho, eminência", respondeu Krupa. "Não se esqueça disso."

"Apenas um primo distante, senhor Krupa. Mas o que importa é que o santo ficará feliz. Ninguém enxergou tanta grandeza nesta obra antes. É espantoso '

"É uma questão de fé, eminência. Com fé, o senhor também verá beleza onde os outros só enxergam o horror."

O diálogo terminou aí.

Bispo Torquato apenas acrescentou que a apreciação final da gravação caberia a São Ariano. Mas o santo, infelizmente, estava fora, combatendo teomarxistas, e só voltaria para celebrar a missa das 19 horas. Ainda eram três da tarde. Krupa foi para o quarto e resolveu assistir holoTV.

O HoloTV Internacional Vaticano Plus era o único canal permitido na catedral.

O crítico de arte se jogou na cama e ficou assistindo a um documentário chato sobre Demonismo e Marxismo Teocrático.

De repente, a programação foi interrompida por uma cruz tridimensional rotativa onde se lia "Jornal do Vaticano Edição Extra". Em seguida, apareceu um homem de terno escuro e cabelos verdes emplastados de biogel. Ele tinha os olhos esbugalhados.

"Senhores holoespectadores, o Papa Leão XIV acaba de sofrer um atentado terrorista na Praça de São Pedro. Ele abençoava os fiéis na sacada do Vaticano, quando foi atingido por um tiro de bazuca. De lá fala ao vivo o repórter Michel Beaud."

126

Beaud tinha cabelos amarelos com raízes pretas e estava pálido. Muito pálido. Pessoas corriam e gritavam pela praça, enquanto policiais armados tentavam controlar a situação.

"Está uma confusão aqui. O Papa Leão XIV não está mais entre nós. Ele foi assassinado há 30 minutos por um tiro de bazuca. Parece que os fiéis estão linchando o terrorista neste momento. A guarda suíça está tentando conter a multidão enraivecida. Tropas do exército americano fecharam todos os acessos à Cidade do Vaticano. Ninguém pode sair ou entrar."

O homem de cabelos verdes voltou à cena.

"Michel Beaud... Michel... você está me ouvindo?"

"Sim, estou. Está muito confuso aqui."

"Alguém já sabe qual é a identidade do assassino do Santo Padre?"

"Não, nada ainda, infelizmente. Já se sabe que a bazuca usada por ele foi fabricada na Detroit Siberiana, o que joga certa suspeita sobre o Império Pan-Eslavo. São muitos os boatos que circulam por aqui. Um deles diz que o assassino era árabe e islâmico. Outro diz que era um alemão teomarxista. Dizem até que Leão XIV está vivo e passa bem. Segundo este boato, apenas um clone do Santo Padre teria sido morto. Mas esta informação é desmentida veementemente pela Igreja, uma vez que a encíclica Cadaverosi Automatarii, de 2025, assinada pelo próprio Leão XIV, proíbe os católicos de fazerem clones, 'desprovidos de essência divina' de si mesmos. Da Praça de São Pedro, Michel Beaud. Voltaremos a qualquer instante com mais informações."

127

13 — O APOCALIPSE

Durante o resto da tarde, o pátio da catedral esteve agitado, com vários caminhões descarregando caixas de armamentos, enquanto outros saíam carregados com sabe-se lá o quê. Havia mais noviços armados sobre a muralha e dois anjos blindados patrulhavam as imediações.

Krupa ficou esperando que bispo Torquato viesse buscá-lo para jantar. Nada. Mas permaneceu calmo. O Papa morreu, porra, o cara deve estar de luto. Lá pelas nove da noite, o crítico de arte finalmente resolveu deixar o quarto e procurar São Ariano. Os corredores do prédio estavam vazios, mas no pátio da catedral, bispos, padres e noviços se reuniam em vários grupos, conversando em voz baixa. Os helicópteros faziam um ruído ensurdecedor.

O crítico avançou no meio da confusão até chegar ao prédio onde ficavam o refeitório e o escritório de São Ariano. Krupa percorreu apressado o corredor cheio de noviços irrequietos. A porta do escritório estava aberta e ele pôde ver o santo diante da mesma holotela da noite anterior.

"Acaba com tudo, Gregório! Porra!", gritava São Ariano. "Isso. Tudo no banco venezuelano, entendeu? O restante você transfere pra Cuba. Eu sei que as ações vão subir, mas nós precisamos de liquidez. Pense, Gregório, pense! Deus te abençoe!"

O santo encerrou a ligação, colocou a mão na testa e soltou um longo suspiro. Só então se virou e percebeu o crítico de arte parado na entrada do escritório.

"O que você está fazendo aqui?", perguntou o religioso.

"Perdão, santo... mas é que bispo Torquato ficou de me chamar para conversarmos sobre a consultoria... E como ele não apareceu eu tomei a liberdade de vir até aqui, se o senhor não se importar..."

"Ah... a consultoria... senhor Krupa, infelizmente nós teremos de ver isso depois. Eu não posso dar atenção ao senhor agora."

Krupa ficou um pouco constrangido. Não muito.

"Mas é uma coisa rápida... Minha análise é curta, embora bastante precisa. Não vai levar mais que dez minutos. E eu tenho muitos compromissos em Shopping City 22, então..."

O santo se aproximou, colocou as mãos nos ombros de Krupa e o levou na direção da porta.

"Amanhã nós falamos sobre isso, Krupa. Deus te abençoe. Boa noite", respondeu o santo, empurrando o crítico para fora do escritório. A pesada porta de madeira foi fechada.

E Krupa decidiu voltar pro quarto.

14 — AS BOAS NOVAS

Krupa mastigou uma maçã meio murcha que encontrou na cesta de frutas e ligou de novo a holoTV. Outro homem de cabelo engordurado falava sem parar:

"De Meca, o Conselho dos Sábios enviou um comunicado a todo o mundo cristão onde afirma que a Unidade Islâmica não compactua com o assassinato de Leão XIV. Segundo o Conselho, o crime nem sequer aconteceu, pois não foi previsto pelo califa Bab El-Foutouh Mahomed, comandante supremo da Unidade. Os teomarxistas europeus também negaram qualquer participação no atentado, mas parabenizaram seus autores em nota divulgada há duas horas. O protoczar Evgene Davidovitch declarou, através do porta-voz imperial, que a bazuca siberiana usada no atentado pode ser adquirida em todas as boas casas do ramo e que o Império Pan-Eslavo nada teria a lucrar com a morte do Papa. A Igreja Ortodoxa confirmou a declaração do soberano eslavo, reafirmando sua amizade secular aos cristãos de Roma. Washington não se manifestou oficialmente, pois o presidente Pablito Manuel Hernández encontra-se de férias em Havana. Em Londres, o califa Ibr Barn Srid, o Justo, proclamou que o governo xiita francês no exílio rejubila-se com a morte do Grande Infiel, sinal inequívoco de que a volta do Imã Oculto ocorrerá em breve..."

Krupa suspirou e desligou a televisão. Teria sido melhor ter ido à merda da exposição de arte imediata. Seis milhões de dólares! Seis milhões de dólares! No pátio, a agitação continuava. "Merda!", murmurou o crítico e ligou de novo na HoloTV Vaticano Plus.

15 — MAIS BOAS NOVAS

"...o Cartel de Cáli assumiu a autoria do atentado que pôs fim à vida de Leão XIV. Segundo um holovídeo da organização divulgado há meia hora, São Estebán recusava-se a negociar com o cartel, deixando-os sem alternativa. Há dois anos, São Estebán derrubou o presidente democraticamente eleito da Colômbia, Felipe Guevara, declarando guerra ao pecado e ao crime. As plantações de folhas de coca foram destruídas pelos exércitos santificados e todos os narcotraficantes foram condenados à fogueira. Por diversas vezes, o Cartel tentou negociar a paz com o Vaticano, mas Leão XIV negava-se a intervir ou revisar a canonização de São Estebán. O Cartel assassinou o Pontífice na tentativa de que haja uma mudança na política do Vaticano..."

16 — O APOCALIPSE 2: A MANHÃ SEGUINTE

A noite foi péssima. Rajadas de metralhadora acordaram Krupa no meio da madrugada. O crítico abriu a janela, mas não conseguiu enxergar nada. Só noviços armados correndo no pátio, todos gritando debaixo do ruído ensurdecedor dos anjos que patrulhavam a catedral. No alto das torres de vigia, faróis potentes apontavam para a área além das muralhas.

Três e meia da manhã. Krupa se jogou na cama e enfiou a cabeça debaixo do travesseiro de penas de ganso. Não resolveu. O tiroteio continuou noite adentro. A gritaria também.

Lá pelas cinco e meia, o crítico, exausto, conseguiu cair no sono, mas foi acordado de novo por mais gritaria e o barulho de caminhões acelerando no pátio.

"Merda!", xingou Krupa, desistindo de dormir. Pelo menos, o chuveiro continuava funcionando bem. Ele tomou um banho rápido, fez a barba e resolveu procurar alguma coisa pra comer. O corredor estava silencioso e escuro, mas podiam-se ouvir a gritaria no pátio e as hélices dos helicópteros.

Wagner Krupa já ia descer as escadas em direção ao pátio, quando trombou com bispo Torquato, que trotava degraus acima.

"Perdão, bispo... eu não..."

"Senhor Krupa?", respondeu o religioso. "O que o senhor está fazendo aqui?"

"Bem, eu estava pensando em tomar o café da manhã... o senhor sabe se já o serviram?"

Bispo Torquato ergueu os olhos para o céu e depois juntou as mãos, como se orasse.

"Senhor Krupa, o Santo Padre foi assassinado..."

"Eu sei, bispo. Todo mundo sabe. Não se fala de outra coisa na holoTV. Aqui só pega esse canal do Vaticano?"

Bispo Torquato não respondeu.

"Senhor Krupa, por favor, me dê licença, eu estou com muita pressa..."

"Claro, santidade. Eminência. Bispo. O café está servido?"

Bispo Torquato subiu dois degraus e virou-se para Krupa.

"Senhor Krupa, nós estamos no meio de uma guerra religiosa. Alguns de nós acreditam que estamos vivendo o Juízo Final. Durante a noite, nós rechaçamos duas tentativas de invasão teomarxista. Por isso tudo, infelizmente, o café da manhã não será servido."

O religioso terminou a frase e seguiu escada acima. Wagner Krupa nem teve tempo de perguntar se alguém ao menos poderia levar o café até seu quarto.

17 — O HORROR

Ninguém levou café ao quarto de Wagner Krupa.

18 — O JUÍZO FINAL

A confusão matutina invadiu a tarde. Os caminhões continuavam entrando e saindo. Os anjos circundavam a Sé feito libélulas armadas. À noite, as metralhadoras voltaram a metralhar, desta vez com mais intensidade.

Para além dos muros da Catedral de São Ariano, a coisa estava muito pior, informava a holoTV.

Na França, muçulmanos e cristãos trocavam tiros nas ruas. Incapaz de conter a guerra civil, a recém-instalada república francesa pediu ajuda a Londres. Tropas inglesas desembarcaram em Calais para apoiar a minoria cristã, enquanto tanques americanos baseados na Alemanha entraram no país pela região de Strasbourg. Naquela mesma tarde, em Londres, um avião monomotor entupido de dinamite acertou e reduziu a cacos a Catedral de Westminster. A organização xiita Revolução Islâmica assumiu a autoria do atentado.

Enquanto isso, na Colômbia, a Força Aérea Santificada de São Estebán bombardeou fortemente a região de Cáli e também a fronteira com o Equador, tradicional refúgio de narcotraficantes. A Sagrada Igreja Revolucionária do Marxismo Teocrático, aliada do Cartel, acusou o Vaticano de traição às "vítimas do sistema de exploração capitalista" e decidiu tomar, à bala, todas as igrejas leais a Roma.

19 — A TENTAÇÃO DE KRUPA

Lá pelas dez da noite do terceiro dia depois do assassinato do Papa, Wagner Krupa tentou holofonar para Shopping City 22 e pedir um tanque-táxi. Ele precisava sair dali. Depois apresentaria sua consulta e pediria que São Ariano depositasse o dinheiro. Agora ele precisava cair fora. Escapar daquela histeria religiosa. Escapar dali. Aquilo já tinha virado uma zona. Uma zona de guerra.

Não deu certo. Nenhum tanque-táxi queria sair de Shopping City 22. Em dias normais, já era difícil conseguir um motorista corajoso o suficiente para se aventurar entre motoboys, mendigos e canibais que infestavam São Paulo. Mas agora, com teomarxistas e vaticanistas trocando tiros, quem se arriscaria a sair? Ninguém. Nem mesmo num táxi blindado e armado. Ninguém. Krupa pensou em ligar para um dos seus amigos e pedir ajuda. O problema era que ele não tinha amigos. Ninguém pode exercer a crítica de arte e construir amizades ao mesmo tempo. Seis milhões! Seis milhões! Tudo vai acabar bem, eu sei. Uma hora essa bosta de crise termina, eu mostro minha análise pro santo, pego o dinheiro e caio fora. Mas e até lá? Ele precisava sair dali. Fazia três dias que não comia nada e só bebia água de torneira. E se os teomarxistas invadissem a catedral, o que seria dele? Todos iriam morrer depois de sofrer torturas horríveis nas mãos daqueles fanáticos. Puta que pariu! Eu não quero morrer! Krupa dormiu com fome e cansado. Estava tão exausto que nem ouvia mais as hélices dos anjos rodando, rodando, rodando.

20 — O NOVO PRÍNCIPE DA TERRA

Lá pelas sete da manhã, Wagner Krupa foi acordado com barulho de sinos. Sinos e tiros. E gritos. "A catedral foi invadida!", ele pensou, enquanto abria a janela. Para sua surpresa, os religiosos cantavam e dançavam no pátio da igreja. Alguns apontavam AKs para o alto e disparavam. Todos pareciam felizes e aliviados. "Habemus Papam!", gritava um rapaz loiro de batina branca, aparentemente bêbado.

135

Sem entender direito o que estava acontecendo, Krupa ligou a holoTV. Outro homem de cabelos ensebados lia as notícias com um sorriso no rosto.

"...desde as seis da manhã de hoje, horário do Vaticano, um novo Santo Padre reina na Cidade Santa. O cardeal nigeriano Mohamed Mogambo é o novo Príncipe da Terra e adotou o nome de Pio Inocêncio I..."

A holoTV passou a mostrar imagens de um negro alto e forte abraçando mendigos e aleijados numa paisagem ocre e miserável. Ele usava uma batina branca encardida e sorria muito.

"...amado pelo povo da Nigéria, sua terra natal, Pio Inocêncio I é membro da chamada corrente conciliadora do catolicismo, que prega o fim das hostilidades e abertura imediata do diálogo com a Sagrada Igreja Revolucionária do Marxismo Teocrático. O novo Papa também tem muitos amigos muçulmanos, pois foi criado na fé islâmica até os 18 anos, quando, desafiando as convenções da sua antiga religião, adotou o catolicismo e a vida eclesiástica..."

As imagens agora mostravam Mohamed Mogambo vestido como Papa e abençoando os fiéis de uma sacada de madeira, provavelmente construída às pressas para substituir a que fora destruída no atentado. Ele sorria muito. Os fiéis se espremiam entre os tanques americanos que tomavam quase completamente a Praça de São Pedro.

"...Pio Inocêncio I pediu uma nova era de paz e união dentro da Santa Madre Igreja e já perdoou oficialmente o Cartel de Cáli pelo assassinato de Leão XIV. 'Errar é humano, perdoar é divino', declarou o Santo Padre. Ele pregou o fim das hostilidades religiosas e declarou que vai rever todas as canonizações promovidas pelo antecessor..."

Wagner Krupa pulou de alegria no meio do quarto. A confusão tinha acabado. Agora era só apresentar a análise pro santo, pegar o dinheiro e cair fora. Ele deixou o homem de cabelo ensebado falando sozinho e correu pro chuveiro.

21 — A ASCENSÃO DE SÃO ARIANO

O céu estava azul como fazia muito tempo não se via. Wagner Krupa, limpo e barbeado, desceu as escadas correndo, caminhou pelo pátio e entrou no prédio ao lado, onde ficava o escritório de São Ariano. As portas estavam abertas e ele viu, lá dentro, alguns religiosos conversando. Um deles era bispo Torquato, que vestia uma vistosa batina azul-celeste.

"Bispo Torquato... bom dia...", disse Krupa.

O religioso abriu um largo sorriso ao avistar o crítico de arte.

"Ah, senhor Krupa... bom dia. Que bom que tudo terminou bem. Mas eu imagino que o senhor esteja cansado da nossa companhia. Nossos anjos estão todos em missão humani-

137

tária, mas nós temos alguns veículos blindados perfeitamente seguros para levá-lo até sua residência..."

"Claro, claro, sem problema", respondeu o crítico. "Mas antes eu preciso falar com São Ariano. Tenho certeza que ele gostará muito da minha análise da obra de Luiz-Ernesto Quintana. Acho até que ele vai perdoar o seu sobrinho!"

"Primo."

"Primo, primo. Tanto faz. Onde eu posso encontrar o santo, eminência?"

Bispo Torquato colocou a mão direita no ombro de Krupa e caminhou pelo corredor, conduzindo o crítico de arte.

"Com toda essa confusão, eu tinha até esquecido o que o senhor veio fazer aqui. Bem, a questão é que o... beato... Ariano não está mais entre nós."

"Não? Como assim? Ele viajou?"

"Receio que sim, senhor Krupa, para um lugar sem volta. A Confederação dos Bispos é quem está no comando desta catedral desde a madrugada de hoje."

"O que aconteceu com ele?"

"Um acidente lamentável", prosseguiu o religioso. "Nós temos vários fornos crematórios neste local. Para os hereges, sabe? Parece que o beato entrou por descuido dentro de um deles. E, naquela confusão toda, alguém acabou acionando o forno por engano. Uma coisa realmente muito triste, senhor Krupa..."

Ainda com as mãos no ombro de Krupa, o bispo desceu as escadas, conduzindo o crítico até o pátio. Eles estavam em frente à catedral. As torres imponentes brilhavam sob o sol.

"Mas e a minha análise? Quem vai aprovar? O senhor?"

"Acredito que ninguém, senhor Krupa. Não haverá mais canonização. Não há mais sentido algum em discutir a pintura da nossa igreja."

"Mas a obra de Luiz-Ernesto Quintana é genial! É revolucionária! Ele é um marco na arte sacra do século 21! Tenho certeza que o Vaticano vai apreciar muito o trabalho dele! E o meu também! Tenho certeza!"

"O Vaticano tem assuntos mais sérios no momento, senhor Krupa."

"Mas eminência... santidade... eu... olha, ele é o artista mais importante desta década. Deste século! E, além disso, eu fiz o meu trabalho e, bem, eu preciso receber... eu entendo o que aconteceu com o Papa, com o santo, mas eu trabalhei, eu trabalhei muito, o senhor entende?"

"Entendo, senhor Krupa. E também acredito no seu apurado senso estético e na veemente defesa desse artista tão injustiçado. Mas o seu acordo era com o santo e não com o bispado."

"Mas... mas... eu trabalhei. O senhor viu! E o que eu faço agora? E os meus seis milhões?"

"Seis milhões?!", espantou-se bispo Torquato. "O santo ofereceu tudo isso ao senhor?! Lamento muito, senhor Krupa, mas, mesmo que o bispado autorizasse esse pagamento, algo bastante improvável, nós não teríamos todo esse dinheiro. O beato controlava pessoalmente as finanças e nós só nos lembramos disso depois do terrível acidente no forno crematório."

"Mas... padre... bispo... eu não vou receber nada? Eu quero o meu dinheiro! Eu exijo!"

"Ora, senhor Krupa, o senhor não está em condições de exigir nada. Mas lembre-se: o filho de Deus poderia ter nascido num berço de ouro, porém escolheu uma humilde manjedoura em Belém. Pense nisso na sua volta para casa e que Deus o acompanhe."

22 — A VOZ DE DEUS

Os noviços ainda estavam nos seus quartos quando ouviram um grito agudo ecoando pelos muros, dando a volta nas torres e enchendo o pátio da catedral. Os mais fervorosos acharam que aquilo era um sinal, uma mensagem divina, a própria voz possante do Senhor anunciando os novos tempos de paz. Os mais realistas discordaram. Não, não podia ser deus. O dia, afinal, estava tão lindo. Por que motivo deus estaria gritando "puta que pariu"?

OS CANIBAIS DADÁ

"Dadá é como as esperanças de vocês: nada.
Como os ídolos de vocês: nada.
Como os heróis de vocês: nada.
Como os artistas de vocês: nada.
Como as religiões de vocês: nada."
(*Manifesto Canibal Dadá, 1920*)

1 — A BIOZONA

Wagner Krupa cruzou a Avenida Fred Mercury e estacionou o triciclo não poluente, movido a resíduos orgânicos, na esquina da Alameda John Wayne, em frente a uma boutique de jacarés sintéticos. A cúpula plástica do triciclo deslizou com um rangido elétrico e ele saltou. Estava no bloco C-Azul do oitavo piso de Shopping City 22. A maior parte das lojas de animais sintéticos estava naquele setor. Elefantes em miniatura, gatos multicores, piranhas voadoras (vegetarianas), cachorros de três cabeças. Tudo o que a biotecnologia podia oferecer a um consumidor de bom gosto em até dez vezes sem juros.

"Mas essa é biozona...", disse a loira que também saltava do triciclo. "Pensei que a gente fosse pra área das galerias e dos museus."

Wagner Krupa sorriu enquanto observava a mulher sair do carro. Ela vestia uma minissaia de couro sintético mais curta que a expectativa de vida nos países da Unidade Islâmica. As pernas torneadas combinavam perfeitamente com o corpo cheio de curvas. Tudo silicone, claro, mas quem se importava?

"Você tem muito o que aprender sobre o mundo das artes, Shirley", respondeu o crítico, enquanto entrava numa loja de jacarés sintéticos.

Tinha répteis de todos os tamanhos. Uns cobertos com penas, outros de cores fluorescentes, alguns com oito patas.

Uma garota de cabelos verdes se aproximou sorrindo.

"Boa tarde, meu nome é Francisca. Você está procurando algum jacaré em especial? Nossos produtos têm garantia de cinco anos e são equipados com dentes artificiais retráteis..."

"Não, obrigado, Francisca", respondeu Krupa. "Eu só queria falar com o Hiroíto Shima. Ele está?"

2 — O PORCO

Krupa e a loira passaram por uma porta, no fundo da loja, e entraram num galpão bem iluminado. No centro da sala estava um porco imenso, branco, deitado numa cama japonesa. Um homem sem camisa tatuava desenhos renascentistas na pele do animal.

"Este é o maior fabricante de jacarés sintéticos de Shopping City 22", disse Krupa para a loira, "e também o criador da bioarte. Ele está bem no meio da sua obra mais recente, *Porcus Christi*."

A loira fez cara de espanto e esboçou um meio sorriso irônico.

"Você chama isso de arte?", disse ela. "Tatuar um porco?"

"Não!", respondeu o porco. "Arte é alterar geneticamente o seu corpo para parecer um porco. E depois ser tatuado com desenhos renascentistas. Krupa, o que você está fazendo aqui?"

"Ei, Hiroíto, calma! Que bicho te mordeu?"

"Eu passei três anos numa unidade Carandiru, Krupa! Três anos! Você destruiu minhas obras! Destruiu minha vida! E agora entra na minha loja como se nada tivesse acontecido?!"

"Rancor faz mal pra pele, Hiroíto. Além disso, eu só vim aqui porque esta moça precisa de você..."

"Quem é ela?", guinchou o porco.

"Shirley Shana, despachante...", respondeu Wagner Krupa e depois indicou o porco para a mulher: "Hiroíto Shima, o criador da bioarte."

O suíno não se levantou. Nem sequer estendeu a pata. Então dispensou o tatuador e ficou de pé sobre as patas traseiras que, ao contrário das dianteiras, ainda tinham uma vaga semelhança com pés humanos. Shirley Shana notou que as tatuagens nas costas da criatura mostravam Jesus Cristo crucificado cercado por um bando de querubins.

"Pensei que você tivesse morrido no Rio de Janeiro...", disse Hiroíto Shima para Krupa. "O Comando Verde-Rosa ofereceu dois milhões de pedrinhos pela sua cabeça."

"Isso é exagero da mídia, Hiroshima. Você sabe como são essas coisas", respondeu Wagner Krupa.

"O nome é Hiroíto, cretino! E então, o que é que vocês querem?"

Antes que Wagner Krupa pudesse responder, Shirley Shana perguntou:

"Você conhece Hugo Petrocilli?"

O porco virou-se para ela com um "oinc" e falou:

"Diretor da Fundação Artística das Shopping Cities. É um porra de um reacionário! O filho da puta não aceitou a minha inscrição pra exposição deste ano..."

"Você tem alguma holoTV por aí? Precisamos te mostrar uma coisa...", respondeu a loira.

3 — CANIBAIS DADÁ

A despachante colocou um minidisco na holoTV e apareceu uma imagem cheia de estática. Um homem gordo e careca estava pendurado por um gancho de açougue que lhe rasgava o ombro esquerdo. Estava ensanguentado. Outro homem, que tinha a cabeça tatuada e quatro implantes de metal no meio da testa, entrou em cena com um facão na mão direita e começou a falar:

"Nós temos nojo. Nojo da estética vazia torpe e morta dos decadentes. Nojo de toda a hierarquia e equação social instalada. Nojo da arte hipertrofiada da pequena burguesia cancerosa."

O homem de cabeça tatuada se aproximou do gordo careca com o facão em punho. Com um só golpe, decepou a orelha direita. Do gordo. O gordo soltou um berro horroroso. O tatuado enfiou a orelha na boca e começou a mastigá-la, falando de boca cheia.

"Nós vamos deglutir o seu mundo controlado robotizado atrofiado. Dadá. Nós vamos devorar o academicismo estéril pra cagar a arte revolucionária. Dadá. Nós somos a loucura agressiva, indomável, sem planos nem estratégia. Dadá. Nós somos canibais. Dadá."

4 — PORCOS EM FÚRIA

"Porra, Krupa!", gemeu o porco. "Você é um filho da puta! Eu perdi meu crédito! Eu passei três anos naquele chiqueiro! Você acha que eu faria uma coisa dessas?! Você pensa que eu sou algum animal?!"

"Você nunca gostou do Petrocilli e agora tem dinheiro suficiente pra financiar uma vingança...", respondeu o crítico.

"E eu gosto menos ainda de você, seu bosta! Francamente! Você é um porco, Krupa, um porco!", grunhiu Hiroíto Shima, avançando na direção do crítico de arte. "Você tem inveja do meu gênio criativo, seu filisteu desprezível!"

Shana entrou na frente do porco nervoso.

"Desculpe, senhor Shima, mas nós temos que investigar todas as possibilidades. A família de Hugo Petrocilli recebeu apenas o filme. Nenhum pedido de resgate, nenhuma exigência, nada. Eu fui contratada pra encontrar o homem antes que o pior aconteça..."

"Oinc!", protestou o artista. "Eu não tenho nada a ver com isso! Nada! Eu sou um artista biogenético, não um psicopata canibal! Caiam fora da minha loja! Agora!"

"Hiroshima, eu..."

"Hiroíto Shima, Krupa! Hiroíto Shima! Você devia ter morrido no Rio de Janeiro! Fora! Fora!"

"Obrigada pelo seu tempo", respondeu Shana, se afastando.

O porco apenas grunhiu enfurecido. O crítico e a despachante atravessaram a loja de jacarés e entraram no triciclo.

"E agora?", perguntou a loira, cruzando as pernas torneadas. "Mais alguma ideia genial?"

Wagner Krupa manobrou o triciclo e voltou para a Avenida Fred Mercury.

"Augustarolpalindronor!", respondeu o crítico.

Shana pensou que Krupa tivesse engasgado, mas então percebeu que ele estava era tentando dizer alguma coisa.

"Augustarol... o quê?!", perguntou ela.

"Augustarolpalindronor, ex-terrorista neoconcreto!", continuou Krupa. "Mora no setor Amarelo-B do quinto piso. Fazia parte do grupo Morterror. Se tem alguém que pode dizer onde podemos encontrar os Canibais Dadá, esse alguém é ele."

A loira acendeu um cigarro desnicotinizado de cereja enquanto Krupa conduzia o triciclo para um elevador.

"Espero que você esteja certo, Wagner. Você só vai receber sua parte se encontrarmos o tal do Petrocilli."

"Shirley, meu amor", respondeu ele. "Se tem alguém que entende de arte em Shopping City 22, esse alguém sou eu!"

147

Shana soprou fumaça no rosto do crítico.

"O que aconteceu no Rio?", perguntou ela.

"Nada sério", respondeu Krupa olhando descaradamente para as pernas da mulher. "O mundo das artes pode ser muito perigoso, Shirley, você sabe disso..."

5 — MORTERROR

O Morterror foi um dos mais ativos grupos artístico-terroristas da década de 2040. Inspirados no concretismo, efêmero movimento cultural do século 20, os ativistas neoconcretos do Morterror pretendiam implantar uma nova linguagem baseada na fusão de palavras. Em vez de dizer "nova linguagem baseada na fusão de palavras", os neoconcretos afirmavam que o certo era "nolinguabafulavras". Ninguém os levou a sério. Em 2043, revoltados com o descaso da sociedade, eles lançaram um ataque hacker aos neurocomputadores de Shopping City 17. As letras se misturaram em todas as telas, o sistema inteiro entrou em pane e a cidade-cubo ficou sem energia elétrica durante 62 horas. Isso provocou seis acidentes aéreos nos dois heliportos da Shopping City 17. Número de vítimas: 34. As aeronaves se chocaram com a cidade-cubo, dizimando dois andares de lojas com os respectivos clientes. Número de vítimas: 814. O rombo provocado na parede externa permitiu que a cidade-cubo fosse invadida pelos violentos alpinistas sem-teto, que vivem pendurados do lado de fora das shopping cities. Número de vítimas: 1.032. A polícia tentou deter os invasores, mas, no escuro, acabou atingindo vários cidadãos por engano. Número de vítimas: 1.327. Os andares atingidos pegaram fogo e as chamas se alastraram por vários pisos. Número de vítimas: 2.584. O incêndio só foi controlado quando um chefe dos bombeiros teve a ideia de alagar a cidade-cubo, causando, infelizmente, o afogamento de muitos consumidores. Número de vítimas: 3.829.

Augustarolpalindronor, líder do Morterror, foi preso dois dias depois quando tentava fugir para a República Anarcoliberal do Rio da Prata. O advogado de defesa alegou "insanidade intelectual temporária" e o terrorista se livrou da pena de morte, mas acabou condenado a cinco anos de reclusão na unidade Carandiru 23. Hoje, recuperado para a sociedade, Augustarolpalindronor vive em Shopping City 22 e trabalha como ator de holofilmes pornôs.

6 — TRÊS EM UM

Augustarolpalindronor era um homem alto, magro e pálido. Na verdade, Augustarolpalindronor era três homens altos, magros e pálidos. Todos exatamente iguais. Como muitos outros famosos holoatores pornôs, ele havia clonado a si mesmo para melhor atender a seus inúmeros fãs. Um dos três estava sentado numa poltrona tomando uma taça de vinho gasoso. Outro observava os luminosos de Shopping City 22 através da parede de vidro. E o terceiro tentava tirar com os olhos a pouca roupa que Shana usava.

"Wagner Krupa!", disse o que estava sentado, quando o crítico e a mulher entraram no apartamento. "Me disseram que você tinha morrido no Rio de Janeiro!"

Antes que Krupa pudesse responder, o mais tarado dos três perguntou: "Quem é a loira gostosa, Krupa?" O terceiro, que olhava pela janela, virou-se imediatamente para conferir a mulher.

"Hããã...", gaguejou Wagner Krupa. "Essa é Shirley Shana, a melhor despachante de Shopping City 22. Shirley, esse é Augustarolpalindronor."

"Soube que o Comando Verde-Rosa quer acabar com a sua raça, Krupa", disse o primeiro dos três.

"Infelizmente, os cariocas não estão preparados para um julgamento isento e culturalmente fundamentado", argumentou o crítico.

Enquanto isso, outro Augustarolpalindronor se aproximou de Shana e, salivando, disse: "Você é gostosa, hein?"

A despachante tentou se esquivar, mas já havia outro Augustarolpalindronor barrando o caminho dela. Ela se voltou e deu de cara com o terceiro que, aparentemente, deixara Krupa falando sozinho. Os três ex-terroristas começaram a acariciá-la libidinosamente. Shirley Shana agiu rápido: enfiou a mão na bolsa Louis Vuitton de morsa clonada e tirou uma pistola automática.

"OK, o primeiro tarado que folgar comigo leva um tiro!", gritou.

150

Os Augustarolpalindronores se afastaram assustados.

"Isso é uma biopistola Kamarov 9 milímetros!", gemeu um deles.

"Não precisava ficar nervosa. Era só brincadeira...", choramingou o outro.

"As bioarmas estão proibidas pela Convenção Internacional de Calcutá!", gritou o terceiro.

"Liga pra ONU e me denuncia!", respondeu Shana, abaixando a arma. Depois virou-se para Krupa: "Você tem certeza que esses retardados podem ajudar a gente?"

"Isso é mesmo uma bioarma?", perguntou o crítico, para alívio dos três Augustarolpalindronores.

"Claro que sim, Wagner", disse Shana, guardando a pistola na bolsa. "Eu sou despachante, lembra?"

As biopistolas usam munição geneticamente preparada para destruir todas as defesas do organismo. Você leva um tiro e morre de câncer em 30 segundos.

"E então, Krupa, em que podemos ajudá-los?", perguntou o menos trêmulo dos três atores pornôs ex-terroristas, depois de alguns tensos minutos de silêncio.

7 — SENHOR ANTIPIRINA

"O cara com os implantes de metal na cara é o Senhor Antipirina", entregou um dos Augustarolpalindronores.

151

Eles tinham acabado de assistir ao minidisco com a deglutição da orelha de Hugo Petrocilli.

"Mas ele estava aposentado...", observou o segundo clone.

"A última vez que ouvi falar dele, ele estava dirigindo um holofilme sobre a influência do dadaísmo na estética das escolas de samba", acrescentou o terceiro.

"Quem são esses Canibais Dadá, afinal?", perguntou a despachante.

Os três ex-terroristas ameaçaram responder, mas Wagner Krupa aproveitou a oportunidade para impressionar a mulher.

"O grupo foi formado há 20 anos em Paris. O objetivo deles era devorar a estética pequeno-burguesa. Literalmente. Depois da islamização da França, eles se espalharam pelo mundo."

Um dos Augustarolpalindronores resolveu acrescentar informações:

"Uma vez a polícia francesa cercou o grupo num cabaré da Rive Gauche. Senhor Antipirina estava no comando. Os tiras exigiam a rendição. Os Canibais tinham mais de cem reféns e não queriam negociar. Quando o prédio foi finalmente invadido, dois dias depois, todos os frequentadores do lugar tinham sido estripados e comidos. Os Canibais Dadá cavaram um túnel e escaparam."

Shirley Shana acendeu um cigarro aromatizado.

"Mas de onde esses caras tiram essas ideias malucas?", ela perguntou para todos e para ninguém ao mesmo tempo.

152

"O dadá foi o movimento artístico mais importante do século 20!", explicou Wagner Krupa. "Esses novos dadaístas são um pouco radicais, é verdade, mas a inspiração deles é legítima."

A loira assoprou a fumaça:

"Por que todos esses doidos têm fixação nessa merda do século 20?"

"Talvez pela atração que toda era de selvageria incontrolável exerce sobre o ser humano", opinou um Augustarolpalindronor.

"Mas eu, pessoalmente, gosto mais do século 16", observou outro.

"Eu já prefiro o Império Romano. Todas aquelas orgias e bacanais...", comentou o terceiro, olhando descaradamente as pernas de Shirley Shana. A despachante percebeu que os hormônios clonados das três versões do ator pornô estavam entrando em ebulição novamente e resolveu encerrar a conversa.

"Nós temos que achar esses Canibais Dadá", disse. "Vocês têm alguma ideia de onde devemos procurá-los?"

"Nenhuma. Não mantenho mais contato com o mundo do terrorismo artístico", falou um dos clones.

"Definitivamente. Se quer informações sobre esses caras, você precisa falar com o Joaquim Maria", acrescentou outro.

"Joaquim Maria. Ele é o cara", encerrou o terceiro.

"Eu não sabia que o Joaquim Maria tinha relações com o submundo da estética", ponderou Krupa.

"E onde você acha que ele encontra os modelos pras esculturas?", disse um Augustarolpalindronor.

"Joaquim Maria", falou o segundo.

"Ele é o cara", explicou o terceiro.

Shirley ficou de pé, apagou o cigarro e encerrou a entrevista. Os atores pornôs ex-terroristas olharam gulosamente para a minissaia da loira, mas não ousaram se aproximar.

"Obrigado pela ajuda, Augustarolpalindronor", despediu-se Krupa.

"Não por isso, Krupa", o primeiro respondeu.

"Se você trouxer loiras gostosas como ela aqui, pode aparecer sempre", falou o segundo.

"Mas cuidado com o Comando Verde-Rosa. Eles não vão perdoar o que você aprontou lá no Rio de Janeiro!", observou o terceiro, com um sorriso sacana, enquanto fechava a porta do apartamento.

8 — JOAQUIM MARIA

O rosto tridimensional de Joaquim Maria flutuou acima do holofone de Krupa. Ele tinha longos cabelos pretos encaracolados e olhos azuis da cor do mar.

"Estou recebendo amigos, meu caro Krupa", disse ele. "Não posso trazer um crítico de arte à minha casa nessas circunstâncias. Espero que você entenda."

"É um caso de vida ou morte, Joaquim!", respondeu Krupa.

"Ora, Krupa, ambos sabemos que não existem casos de vida e morte nesta redoma pequeno-burguesa em forma de shopping center."

"O Hugo Petrocilli foi sequestrado, Joaquim Maria!", gritou o crítico.

Joaquim Maria fez uma breve pausa.

"Bem, eu lamento. Vou desligar. Estão me chamando na outra sala..."

Shirley Shana, irritada com o rumo da conversa, tomou o holofone da mão de Krupa.

"Olá, seu Joaquim Maria, meu nome é Shirley Sha..."

Os pequenos olhos holográficos se arregalaram. Joaquim Maria era um notório apreciador da beleza feminina.

"Olá, minha querida, acredito que ainda não tive a honra de ser apresentado a uma mulher tão interessante."

"Meu nome é Shirley Shana. Sou despachante. Fui contratada para achar o Hugo Petrocilli."

"Pode me chamar de você, minha querida."

"Você precisa me ajudar a achar esse homem."

A holografia fez uma pausa teatral e depois disse:

"Bem, apesar das minhas inúmeras tarefas, vou abrir uma exceção para você, Shirley. Venha até minha residência agora. Eu moro na zona prata do 50° piso. Não há como errar."

Shirley desligou o holofone e disse:

"Nada como o charme feminino, Wagner..."

O crítico não respondeu. Apenas manobrou o triciclo, pegou a Avenida Ferreira Gullar e entrou no primeiro elevador expresso que encontrou. Quando chegou ao 50º piso, o mais alto e caro da cidade-cubo, Krupa entrou na Mercedes Sosa, uma ampla avenida arborizada com plantas artificiais, e foi até o final. A rua terminava num portão dourado de metal. Um homem de terno amarelo, com um comunicador implantado no lado direito da cabeça, tomava conta da entrada. Fez sinal para que o triciclo parasse.

"Boa noite, senhores, vocês vão a algum lugar?"

"Viemos falar com o Joaquim Maria", explicou Krupa. "Meu nome é Wagner Krupa, eu sou crítico de arte."

O homem tocou o lado direito da testa para acionar uma biocâmera, registrou a imagem do triciclo e, só então, comunicou-se com a casa. Depois de alguns segundos, disse:

"O senhor Joaquim Maria está esperando apenas uma mulher, Shirley Bruschetta, algo assim..."

A despachante respondeu:

"É Shirley Shana. O Wagner está comigo."

O segurança saiu da frente e puxou a orelha direita artificial para que o portão se abrisse. O triciclo deslizou por uma pequena alameda cercada por árvores de plástico. A ruazinha, de 20 metros, dava acesso a uma casa com gigantescas paredes de vidro. Como estavam no último andar da cidade-cubo, a vista devia ser esplêndida. Ao lado da casa de vidro tinha outra, menor, com paredes normais e porta de madeira. Um homem de paletó bordô e calças cáqui esperava por eles na porta. Era Joaquim Maria.

"Olá, minha querida", ele disse, quando Shirley Shana saltou do carro. Beijou a mão da mulher e deu alguns passos para trás para observá-la melhor.

"Você é mesmo muito linda, Bruschetta querida."

"É Shana, Shirley Shana."

"Claro, que cabeça a minha. Bruschetta é uma amiga minha italiana que está me visitando. Desculpe a confusão, meu amor."

Wagner Krupa também disse "boa noite". Joaquim Maria não respondeu.

"Vamos conversar no meu ateliê, Shirley querida", prosseguiu ele. "Meus convidados são todos do meio artístico e você pode imaginar o que aconteceria se eles vissem um crítico andando pela casa."

Joaquim Maria foi até a casa menor e abriu a porta de madeira. Ele acendeu a luz e Shirley Shana soltou um grito desesperado.

Bem na porta do ateliê tinha um terrorista teomarxista. Ele usava a tradicional batina marrom com o símbolo do movimento (uma foice e uma cruz) e trazia na mão direita uma AK 47. Dois cinturões de balas, provavelmente biológicas, cruzavam o peito do terrorista. Ele tinha uma expressão feroz no rosto barbado e decidido.

Joaquim Maria riu com o susto da despachante.

"É apenas uma escultura, Shirley. Terminei ontem. Uso técnicas holográficas para esculpir em cera e conseguir este resultado tão realista."

157

"É mesmo impressionante...", respondeu Shirley, pegando no teomarxista falso.

"Hiper-realismo socialista tardio", resmungou Krupa. "Um movimento ultrapassado."

Joaquim Maria virou os olhos azuis na direção do crítico.

"Não há nada de ultrapassado em retratar combatentes da liberdade, Krupa", respondeu Joaquim Maria alisando a própria escultura. "São homens como esse aqui que mudam o mundo."

"Uma estátua dele não sai por menos de um milhão de guarujás", informou Krupa a Shirley.

Joaquim Maria ignorou o crítico e voltou-se para a despachante.

"Então, querida, o que posso fazer por você?"

"Você tem uma holoTV por aí?", perguntou Shirley Shana.

"Claro, mas antes vamos tomar uma taça de vinho. Você me acompanha?"

9 — COMBATENTES DA LIBERDADE

Joaquim Maria bebeu mais um pouco do velho Rioja 2015. Ele, Wagner Krupa e Shirley Shana haviam acabado de assistir à orelha de Hugo Petrocilli ser devorada pelos Canibais Dadá.

A holoTV do artista ficava no centro do ateliê. Dezenas de esculturas de narcotraficantes africanos, jihadistas franceses, neocangaceiros, yanomamis e anarcossindicalistas ingleses montavam guarda, encostadas nas paredes do local.

"Não me surpreende", disse Joaquim Maria. "Petrocilli é um reacionário. Cedo ou tarde algum combatente da liberdade acabaria por fazer justiça."

"Os Canibais Dadá não são combatentes da liberdade", interveio Wagner Krupa. "Eles acham que estão fazendo arte."

"Qualquer ação contra este sistema que aí está é válida, Krupa. Você, em sua alienação, não consegue perceber que o capitalismo está vivendo seus dias derradeiros."

"Eu sei", respondeu o crítico. "Tem gente que paga um milhão de guarujás pela estátua em cera de um terrorista..."

"Escuta aqui, Krupa, eu não gosto nada dessa insinuação."

Shirley Shana, percebendo que o tempo ia esquentar, entrou na conversa.

"Nós achamos que o Hugo Petrocilli ainda está vivo", disse ela. "Só não sabemos onde encontrar esses Canibais Dadá."

Joaquim Maria encheu a taça da despachante e a sua, ignorando a do crítico, que já esvaziara havia algum tempo.

"Veja, querida, embora eu respeite a ação do Senhor Antipirina, não sei onde ele se encontra. E mesmo que, numa hipótese remota, eu conhecesse o paradeiro desse homem, eu não poderia dizer. Afinal, ele é um representante daqueles que nada têm."

Shirley Shana cruzou as pernas de forma que sua saia diminuta subisse ainda mais. Os olhos azuis de Joaquim Maria não conseguiram se desviar das pernas da moça.

"Mas eu não sou da polícia, Joaquim. Sou apenas uma despachante. Só fui contratada para negociar com esses caras. Nada mais."

A despachante descruzou e cruzou as pernas novamente.

"Ainda assim, querida, não estou bem certo. Sou um homem de ideais sólidos, ao contrário de alguns outros que se vendem por muito pouco."

Na última frase, o artista olhou de soslaio para Krupa. O crítico apenas murmurou:

"Um milhão de guarujás por uma estátua kitsch..."

Joaquim Maria se irritou.

"Olha, Shirley, meu amor, eu sinto muito, mas..."

"Eu ficaria muito agradecida, Joaquim", respondeu a despachante, colocando a mão esquerda no joelho do artista. "Muito agradecida mesmo..."

Joaquim Maria bebeu o que restava do vinho.

"Querida, eu jamais denunciaria um companheiro revolucionário. Tudo o que sei é que a zona banana do décimo quarto subsolo era frequentemente usada pelos dadaístas."

"Nas garagens? Mas ninguém vai mais às garagens", disse Krupa. Joaquim Maria o ignorou.

"Mas eu não creio que o Antipirina esteja lá, Shirley querida. Você podia me deixar seu número de holofone. Se eu tiver mais alguma informação interessante, ficaria feliz em passá-la a você."

Shirley e Joaquim trocaram números e se despediram com beijos no rosto. Quando Krupa já entrava no triciclo, Joaquim Maria disse:

"Você devia ter morrido no Rio de Janeiro, Krupa. Eu sempre tive grande simpatia pela Verde-Rosa."

"Da próxima vez que você vender um dos seus terroristas de cera, doe o dinheiro pra eles", respondeu o crítico, entrando no carro.

Joaquim Maria voltou-se para Shirley Shana.

"Aguarde meu holofonema, meu amor..."

10 — O QUE ACONTECEU NO RIO

"Afinal de contas, que merda aconteceu no Rio de Janeiro?", perguntou a despachante, quase gritando, enquanto se enfiava no triciclo do crítico de arte. Ele resolveu contar.

Havia duas semanas, Wagner Krupa tinha sido convidado para ir ao Rio de Janeiro como jurado de Alegorias e Adereços do desfile das Escolas de Samba do Grupo Superespecial A. O desfile faz parte de uma festividade chamada Carnaval que, embora seja completamente ignorada nas shopping cities de São Paulo, é um evento de extrema importância no Rio de Janeiro.

Durante quatro dias, os nativos vestem fantasias multicoloridas e desfilam pela pista de acrílico do gigantesco complexo Sambódromo 2.0. O Sambódromo 2.0 é uma estrutura

161

transparente de 6 mil metros de comprimento e 3 mil metros de largura construída sobre o Morro Dois Irmãos. Com o derretimento das geleiras árticas, causado pelo aquecimento global, o Rio de Janeiro perdeu boa parte da sua zona costeira, forçando a população a subir as montanhas. O Rio é a capital do Império Luso-Brasileiro Restaurado, que engloba ainda o antigo Espírito Santo, parte de Minas Gerais e um pedaço que já pertenceu a São Paulo.

Apesar de ser um católico tradicionalista, o Imperador Dom Pedro III decidiu não reprimir o Carnaval, temendo uma reação dos narcotraficantes que comandam as escolas de samba. No Carnaval, os fantasiados desfilam em grupos. Cada agrupamento é chamado de "escola". Cada escola tem que contar uma história durante o desfile, usando as fantasias, os adereços (objetos que os fantasiados levam nas mãos), o samba (gênero musical de origem africana baseado na percussão) e as alegorias (veículos fantasiados). As escolas de samba competem entre si, e a função dos jurados é dar notas a cada item do desfile.

Krupa, naturalmente, adorou o convite para ser jurado. Ele sempre assistia aos desfiles pela holoTV, e aquela era a sua chance de ver o espetáculo ao vivo. Além disso, ele receberia 100 mil pedrinhos pelo trabalho. Quase 200 dólares cubanos no câmbio negro.

O crítico se empolgou com a música contagiante, a esplêndida visão do mar aos seus pés e, principalmente, com a exuberante nudez das mulheres de silicone. Krupa estava se divertindo tanto que nem prestou muita atenção quando a tradicional escola Estação Primeira de Mangueira entrou na avenida para apresentar o enredo "Sirilampo Senegal, a gloriosa epopeia da espaçonave de Maurício de Nassau na conquista espacial". Distraído, o crítico não percebeu que os feios adereços de plástico verde-abacate representavam a "lança monumental de Maurício de Nassau". Ou que os horrendos chapéus cor-de-rosa eram "capacetes cibernéticos dos lendários navegantes atlantes". Ou que as coisas douradas disformes na cabeça dos foliões mostravam a "ira de Iansã com a explosão de uma estrela anã". Krupa não entendeu nada. Nada. E deu nota zero para tudo.

Infelizmente, as notas apareceram imediatamente no painel holográfico de 300 metros que fica no centro do Sambódromo 2.0. E foram vistas por todos os componentes da escola. Irritados com tamanho desprezo, os mangueirenses quiseram justiçar o crítico ali mesmo, mas foram contidos pela feroz Polícia Especial Carnavalesca, sempre pronta a conter os excessos durante o embalo. Trezentos feridos, 57 mortos. A escola foi rebaixada para o Grupo Superespecial B e Krupa teve que sair do Rio de Janeiro num voo especial fretado. Não adiantou. Milton Marrom, o "Cascavel", patrocinador da escola e líder da organização criminosa Comando Verde-Rosa, ofereceu dois milhões de pedrinhos pela cabeça do crítico infame. "Pedrinho" é como é chamada a moeda oficial do Império Luso-Brasileiro Restaurado que traz, naturalmente, uma efígie holográfica de Dom Pedro III.

O perigo faz parte da vida de um crítico de arte. Wagner Krupa sempre soube disso. Mas, enquanto permanecesse em Shopping City 22, ele estaria seguro. Primeiro, porque a Federação

163

Legalista Brasileira não tem acordo de extradição com o império, com quem está em guerra. Segundo, porque, embora comande o tráfico de metanfetaminas e ópio sintético na região do império, o Comando Verde-Rosa não tem nenhuma influência em São Paulo, que está na área de influência do Cartel de Comandatuba. Terceiro, porque o pedrinho não é uma moeda conversível e é aceita apenas no Império Luso-Brasileiro Restaurado. A República Anarcoliberal do Rio da Prata aceita pedrinhos, mas só porque a moeda local, o guacamole, não vale porcaria alguma

II — NAS GARAGENS

O décimo quarto subsolo era um buraco escuro e úmido. Wagner Krupa gostava de se enfiar em buracos escuros e úmidos, mas aquele não era nada agradável. Um cheiro estranho de resíduos orgânicos deteriorados boiava no ar. Água escorria do teto, jorrando de canos estourados. O lugar parecia abandonado.

O crítico manobrou o triciclo para fora do elevador e estacionou. Quando Shopping City 22 foi inaugurada, os subsolos eram gigantescas garagens subterrâneas. Isso foi na época em que ainda se podia andar de carro pelas ruas de São Paulo. Atualmente, só os blindados militares percorrem a cidade semidestruída, ocupada pelos nômades sem-teto e pelas gangues de motoboys psicóticos.

A maioria das garagens acabou desativada por falta de usuários. Mas a história do décimo quarto nível é um pouco mais complicada. Em 2037, um trem subterrâneo carregado de lixo atômico que saía do terminal local bateu num caminhão de legumes. A nuvem radiativa atingiu 17 andares. O décimo quarto piso, epicentro da tragédia, foi considerado impróprio para a vida humana desde aquela época.

"Será que é aqui?", perguntou Shana tentando enxergar alguma coisa na escuridão.

"Não sei", respondeu Krupa. "Você confia naquele imbecil do Joaquim Maria?"

"Ei, a ideia de ir até lá foi sua."

O crítico bufou.

"Bem, vamos descobrir onde fica a tal da zona banana."

Wagner Krupa manobrou o veículo enquanto observava os desenhos desbotados de frutas nas paredes. Zona maçã. Zona pera. Zona jaca.

"Por que as zonas dos subsolos têm nomes de frutas?", disse Shana.

"É um costume do século passado", explicou Krupa, desviando o triciclo de um monte de lixo. "Parece que tem alguma conotação religiosa."

Zona abacate. Zona caqui. Zona tamarindo. Zona kiwi. Zona manga. Zona laranja.

"Religiosa? Você tá maluco!"

"Não, é sério! É um costume antigo fazer oferendas aos seres que habitam o submundo... os nomes de frutas são um reflexo desses cultos."

"Você tá de sacanagem."

165

"Não, é... ei, aquilo é uma fogueira?"

Tinha uma grande fogueira perto de uma parede. As labaredas quase tocavam o teto de concreto. Na claridade difusa das chamas era possível ver uma grande banana desenhada no muro. Ao lado do bananão, abria a boca disforme de uma caverna, como se alguém tivesse escavado as entranhas da shopping city.

"Os canibais devem estar lá dentro", disse Shana.

Krupa manobrou o triciclo até a entrada do túnel.

"O triciclo não entra aí", murmurou o crítico.

Shana tirou a biopistola Kamarov da bolsa, conferiu o pente de balas e abriu a cúpula plástica do veículo.

"Vamos a pé", disse a loira, saltando do carro.

12 — AS SOMBRAS NA CAVERNA

O chão da caverna era de terra. Isso significava que o buraco se estendia para além das paredes de concreto da shopping city. Krupa e Shana foram descendo com cuidado pelo túnel em declive, evitando fazer barulho. O lugar parecia deserto.

"Acho que eu vi luz ali na frente", sussurrou a despachante.

Os dois foram se esgueirando, encostados às paredes de terra, até chegarem ao lugar de onde vinha a luminosidade. Wagner Krupa e Shana ficaram escondidos atrás de um monte de entulho para observar melhor. No meio da caverna tinha vários holofotes e uma holofilmadora acoplada a um tripé. Ao lado da câmera, uma máquina de afiar facas. Uma parede de plástico tinha sido instalada na caverna. Do meio da parede, saía um enorme gancho de metal. Hugo Petrocilli estava pendurado no gancho pelo ombro. Completamente ensanguentado. Faltava a orelha do lado esquerdo. No lugar dela só se via uma placa vermelha de sangue coagulado. Três homens estavam de pé na frente da parede de plástico. Um homem de rosto tatuado, com quatro pinos de metal implantados cirurgicamente na testa, segurava um livro digital e lia uma poesia dadaísta para os outros dois, que ouviam atentamente. Um dos canibais tinha um chifre transparente implantado entre os olhos. Uma crista de metal saía do alto da cabeça do terceiro.

"O cara com os pinos na cabeça é o Senhor Antipirina...", murmurou Krupa sem se virar para Shirley Shana. "E agora? O que vamos fazer?"

A despachante não respondeu.

"E agora, Shirley?", perguntou o crítico de arte mais uma vez, virando o rosto na direção da despachante. Só para dar de cara com o cano da biopistola Kamarov 9 milímetros.

"Agora nós vamos entregar o prato principal pros canibais", respondeu ela com o dedo no gatilho.

Ainda com a arma apontada para Krupa, a despachante gritou: "Senhor Antipirina!"

"Porra...", gemeu o crítico de arte. Que merda. Era isso o que dava confiar em loiras siliconadas vestidas com microssaias de couro. Nunca terminava bem.

O homem tatuado parou a leitura da poesia. Seus dois ouvintes ficaram de pé. Os três estavam armados com facões.

Shana bateu o cano da pistola na cabeça de Krupa e fez sinal para que ele ficasse de pé. O crítico obedeceu.

"Meu nome é Shirley Shana", disse a despachante para os canibais. "Eu represento os interesses da família Petrocilli."

O Senhor Antipirina e os outros canibais não disseram nada. Shana continuou:

"Trouxe o tal crítico de arte que você pediu. Podemos fazer a troca?"

13 — COUVERT

Os Canibais Dadá amarraram as mãos e os pés de Wagner Krupa com fita autocolante, o amordaçaram e o deixaram no chão, feito um salame de carne reciclada. Depois arrancaram Hugo Petrocilli do gancho de metal e o jogaram no chão. Shirley se agachou ao lado do homem e colocou dois dedos no pescoço dele, conferindo se ainda havia pulsação.

"Tá vivo. Mas preciso tirar ele daqui agora. Quem vai me ajudar a levá-lo até o carro?"

Os três terroristas artísticos não responderam. A despachante ficou impaciente:

"Escuta aqui, o acordo foi claro: o crítico de arte pelo Petrocilli. Só que eu preciso do cara vivo ou a família dele não me paga. E eu não consigo carregar sozinha este monte de banha ensanguentada. Qual dos três poetas amargurados vai me ajudar a colocá-lo no triciclo? Hein?"

O Senhor Antipirina apontou para um dos Canibais Dadá, o que tinha um chifre transparente implantado no meio da testa, e disse:

"Senhor Nojo, ajude esta agente do sistema a levar o monte de banha ensanguentada até o veículo."

O homem segurou as pernas de Hugo Petrocilli. Shana pegou os braços e eles saíram da área iluminada carregando o corpo. Assim que os dois desapareceram na escuridão, Krupa começou a gemer debaixo da mordaça. O Senhor Antipirina se abaixou e deu um puxão forte na fita autocolante. O crítico de arte soltou um berro de dor e depois disse:

"Por que eu? Por que eu, porra?"

"Acalme-se, senhor crítico", respondeu o Senhor Antipirina. "Sim, o senhor era o resgate, mas parece que veio até nós por seu próprio esforço. Não é por acaso que desprezamos o nojento raciocínio mercenário dos críticos de arte."

Enquanto Wagner Krupa e o Senhor Antipirina conversavam, o terceiro canibal, o que tinha uma crista de metal pregada no alto da cabeça, afiava seu facão na máquina de amolar. O crítico começou a ficar preocupado:

"Mas... eu nunca critiquei vocês. Eu acho que o dadaísmo é fundamental na história da arte! E hoje em dia também! Agora mais do que nunca! Eu acredito no dadaísmo! Eu... eu... Vocês não vão me comer, vão?"

O Senhor Antipirina permaneceu impassível.

"Nosso único propósito, senhor crítico, é a revolução dadá. A canibalização do mundo acéfalo burguês. Suas atividades medíocres não nos interessam. Sim, nós vamos comê-lo. Nada pessoal. Apenas fomos pagos para isso."

"Pagos? Mas por quem? Por quê?"

"Acredito que nosso contratante possa explicar melhor suas motivações, senhor crítico", respondeu o Senhor Antipirina, se afastando um pouco de Krupa.

O crítico percebeu que alguém se aproximava por trás dele, vindo do interior do túnel. Wagner Krupa rolou para o lado, deu de cara com o homem e perdeu o fôlego. Agora ele tinha certeza de que estava completamente fodido e mal pago.

"Presumo que já conheça o senhor Milton Marrom, patrocinador da Escola de Samba Estação Primeira de Mangueira e líder do Comando Verde-Rosa", apresentou o Senhor Antipirina.

"E aí, meu irmão? Tá tudo nos conformes?", perguntou Milton Marrom para Wagner Krupa, enquanto cutucava o crítico com a ponta do sapato. "Trago saudações de toda a grande nação mangueirense."

O crítico começou a espernear, tentando, inutilmente, romper a fita autocolante. O canibal com a crista de metal na cabeça terminou de amolar o facão e se aproximou com um olhar esfomeado. O Senhor Antipirina também pegou um facão e perguntou:

"Senhor Marrom, devemos começar por alguma parte em particular?"

O líder do Comando Verde-Rosa passou a mão pelo queixo, pensou alguns segundos e respondeu:

"Comece pelos testículos. Você vai fritar ou comer cru?"

170

"Nós só ingerimos alimentos crus, senhor Marrom", explicou o Senhor Antipirina. "O senhor nos acompanha no repasto?"

"Não... só vou ficar olhando..."

O Senhor Antipirina enfiou a ponta do facão na calça de Krupa e cortou o tecido. O crítico começou a gritar como um porco clonado no matadouro:

"Não, porra! Não! Não, por favor, não! Não!"

Krupa gritou tanto, e tão alto, que ninguém ouviu o disparo, o silvo do projétil rasgando o ar e a cabeça de Milton Marrom explodindo.

O sambista caiu de joelhos, o corpo se contorcendo inteiro e explodindo em centenas de pústulas. O Senhor Antipirina levou um tiro de raspão no braço. Ele se levantou e tentou correr para a área mais escura do túnel, mas perdeu a respiração quase no mesmo instante. Caiu no chão ofegante, cuspindo sangue, enquanto seus órgãos internos se dissolviam. O outro canibal também não teve chance. O balaço o acertou no peito. Quando seu corpo tocou o solo, a pele já era um purê putrefato. Os três corpos se dissolviam rapidamente em sangue e pus. O cheiro era insuportável.

14 — DADÁ É NADA

Wagner Krupa gritou de medo até que ouviu a voz de Shirley Shana dizendo:

171

"Cale a boca! Já acabou!"

Ela ainda estava com a biopistola Kamarov na mão. O crítico finalmente parou de berrar, viu o que restava dos três corpos, a loira com a arma biológica, e finalmente entendeu a situação.

"Sua vaca!", gritou Krupa. "Vagabunda! Ordinária!"

Shirley Shana guardou a arma e tirou uma pequena seringa da bolsa. Depois se agachou ao lado dos cadáveres, recolheu amostras dos tecidos liquefeitos e colocou em pequenos frascos de plástico.

"Ei, vadia, tô falando com você!", berrou o crítico de arte furioso. "Eu quase morri aqui, sabia?"

A despachante terminou de recolher as amostras, guardou a seringa na bolsa Louis Vuitton, pegou um facão e cortou as amarras de Krupa. O crítico ficou de pé com um gemido. Sua calça estava rasgada na altura do pênis e sua cueca plástica verde fluorescente ficava à mostra. Shana não conseguiu disfarçar o sorriso.

"Que ideia foi essa? Hein?", ele disse.

Shirley Shana foi se afastando na direção da saída do túnel.

"Você não viria se eu dissesse que eles queriam você...", respondeu ela.

"Claro que não, porra! Eu quase fui castrado!"

"Não acho que o mundo perderia grande coisa...", murmurou a despachante, olhando para a cueca que brilhava no escuro.

"Ah, vai se foder!", respondeu ele. "Eu podia ter morrido!"

"Escuta, para de se lamentar. Você vai levar 1 milhão de dólares cubanos por ter achado o Petrocilli. E ainda tem a recompensa pelo Senhor Antipirina e pelo Milton Marrom."

"Recompensa?"

"O Império Luso-Brasileiro está pagando quase 10 milhões de pedrinhos pelo Marrom. É só confirmar o DNA e pegar o crédito. Te pago 10% pela colaboração."

"Isso dá mais ou menos 400 mil dólares cubanos. Quase 300 yens", calculou o crítico de arte. "Muito pouco. Só se for 15%!"

"Ah, Wagner, você tá maluco. É 10% ou nada."

"Doze?"

"Já falei que é dez e não tem discussão."

"E o Senhor Antipirina? Quanto ele vale?"

"Depende de quem paga", respondeu a loira.

Eles tinham saído da caverna e estavam próximo ao triciclo de Krupa. Hugo Petrocilli estava espremido no diminuto banco traseiro. Ao lado do carro tinha um monte de carne podre e malcheirosa com um chifre transparente no meio. Shirley Shana entrou no veículo e esperou que Krupa se sentasse no banco do motorista. Depois continuou:

"A república francesa oferece 3 milhões de euros. Londres paga um pouco menos, mas é em libras."

"As libras são conversíveis em guarujás?", observou Krupa enquanto ligava o carro.

"São, sim. Os pedrinhos também. Conheço um cara que faz isso por 5% do valor", respondeu a despachante. "Mas os

Canibais Dadá também cometeram atentados no Império Pan-Eslavo. Não sei como está a cotação deles em Moscou."

"Dez por cento de tudo é meu?"

Shirley Shana acendeu um cigarro com aroma de pêssego e soprou a fumaça na direção de Krupa:

"Dez por cento. Sem imposto. Por falar nisso, Wagner, você acha que o Joaquim Maria vai me ligar?"

"Não me provoque, vabagunda!", respondeu o crítico.

O triciclo entrou no elevador e subiu para a shopping city. O décimo quarto subsolo voltou ao silêncio e à escuridão. A única luz visível eram as chamas da fogueira iluminando o bananão pintado na parede.

Este livro foi composto na tipologia Adobe Garamond Pro,
em corpo 11/16, impresso em papel off-white 90g/m²,
no Sistema Cameron da Divisão Gráfica
da Distribuidora Record.